우리
꽃길만
걷자

우리 꽃길만 걷자

초판 1쇄 인쇄일 2017년 12월 15일
초판 1쇄 발행일 2017년 12월 22일

지은이 정희수
펴낸이 양옥매
디자인 임흥순 표지혜
교 정 임수연

펴낸곳 도서출판 책과나무
출판등록 제2012-000376
주소 서울특별시 마포구 방울내로 79 이노빌딩 302호
대표전화 02.372.1537 팩스 02.372.1538
이메일 booknamu2007@naver.com
홈페이지 www.booknamu.com
ISBN 979-11-5776-508-9 (03810)

이 도서의 국립중앙도서관 출판시도서목록(CIP)은 서지정보유통지원 시스템
홈페이지(http://seoji.nl.go.kr)와 국가자료공동목록시스템
(http://www.nl.go.kr/kolisnet)에서 이용하실 수 있습니다.
(CIP제어번호 : CIP2017033595)

정희수 에세이

우리
꽃길만
걷자

책나무

올해 벚꽃이 질 무렵 생애 첫 책을 냈습니다.

무식하면 용감하다고, 그간 빼곡히 모아두었던 일기장과 메모를 뒤지며 원고를 썼습니다. 회사 일을 마치면 서재에서 원고를 썼다 지우고 다시 쓰는 일이 일과였습니다. 몇 달의 산통 끝에 『예순, 이게 겨우 청춘이다』가 세상에 나왔습니다. 책이 서점에 깔리는 날 얼마나 두렵던지요. 졸고拙稿에 대한 세상의 냉정한 평가가 두려웠습니다. 동기도 참 단순했습니다. 그저 이 세상 저렇게 많은 책 중 내 책 한 권이 없다는 아쉬움이었습니다. 다행히 많은 분들이 과한 칭찬을 해주셨습니다.

8개월 만에 다시 에세이를 냅니다. 초보 작가들의 경우 첫 작품이 좋은 평가를 받고, 두 번째 작품은 혹평을 받는 경우가 많다고 합니다. 그 이유는 첫 작품에 살아오며 간직했던 모든 경험과 희열을 쏟아 두 번째 작품부턴 자신의 바닥을 보게 된다는 것이지요. 문단의 원로작가들은 젊은 작가에게 이렇게 경고하곤 합니다.

"생각도 경험도 아껴 써라. 오래가려면."

하지만 나는 일상에서 건져 올린 좋은 생각을 끊임없이 나누고 싶습니다. 이건 최근 무척이나 험난한 세월을 견뎌 걷고 있는 나에게 보내는 위로이기도 하고, 벗들에게 보내는 연애편지이기도 합니다. 거제에서 배 만드는 일을 수십 년째 하지만 요즘처럼 힘든 적이 없었습니다. 하루가 멀다고 들려오는 파산과 정리해고 소식에 거리의 분위기는 가라앉았습니다. 내 회사의 사정도 크게 다르지 않습니다. 매일이 살얼음판입니다. 그러나 밤이 깊을수록 별은 더욱 빛난다고 했습니다. 차가운 칼바람을 온몸으로 맞으니 오히려 곁에 있는 사람과 나를 응원했던 이들의 얼굴이 더욱 소중합니다. 매일 떠오르는 아침 해와 아침마다 보는 직원들의 얼굴에 감동합니다. 시련이 주는 선물일지도 모릅니다.

'꽃길만 걷게 해줄게요'

젊은이들에게 꽤나 익숙한 노랫말의 문구가 나에겐 너무나 아름답게 다가왔습니다.

한 송이 꽃을 피우려 작은 두 눈에 얼마나 많은 비가 내렸을까
포기 안 하려 포기해버린 젊고 아름다운 당신의 계절
여길 봐 예쁘게 피었으니까
바닥에 떨어지더라도 꽃길만 걷게 해줄게요

엄마가 '나'라는 한 송이 꽃을 위해 희생한 젊음을 꽃길로 보답하겠다는 내용입니다. 많은 사람이 자신이 아닌 가족과 타인에게 '꽃길을 걷게' 해주기 위해 땀 흘리고 있습니다. 분명 누군가에겐 지금 걷는 이 길이 진흙탕 길이고 모진 가시밭길입니다. 꽃길은 보였다 사라지는 안개 속 신기루로 느껴질 수도 있습니다. 하지만 마음속 깊이 '꽃길'을 품은 사람에겐 인생은 꽤 아름다운 여정입니다. 엄마에게 꼭 선사하고 싶은 꽃길, 지금 꽃길이 펼쳐져 있지 않아도 아이의 마음이 이미 엄마에겐 꽃길인지도 모릅니다.

우리 꽃길만 걷자

아찔할 정도의 황홀한 꽃길이 아니더라도, 모든 이에게 작은 정원과 아담한 일상의 꽃길이 선사되었으면 합니다. 잃지 말아야 할 소중한 것을 이 책에 담고 싶었습니다. 이 책의 몇 구절만이라도 독자들의 마음을 건드렸으면 합니다. 끝으로 나의 데뷔작에 이어 이번 책이 나올 수 있도록 해주신 도서출판 책과나무 양옥매 대표님과 편집을 맡아주신 금영재 편집자님에게도 감사드립니다.

2017년 성탄절
매송서실梅松書室에서
梅峰 **정희수** 드림

1부

•••

정신의 영토 ——— ❋

내가 좋아하는 것들 12

주례사를 기억합니까? 17

정신의 영토 23

잠 못 이루는 밤 30

주도유단酒道有段의 본뜻 35

높고 낮음의 원리 42

회고록이 준 선물 48

이것 또한 지나가리라 55

삼성에서 살아남기 60

화무십일홍花無十日紅 66

작가의 영혼, 책 71

일생의 말실수 78

없어지지 않을 직업들 85

아프니까 환자다 91

2부

• • •

타인과의 거리 ____ ✽

나의 버킷 리스트 100

임종당부 106

송사訟事의 추억 115

정말 중요한 것들 123

'국뽕'과 강국强國 사이 129

다시 온 '남한산성'의 시대 135

영어 공화국에서 영어 못하기 143

낙화암落花巖과 계백階伯 151

세상 좁습니다 157

타인과의 거리 163

방울방울 추억이 꼬리를 무는 날 170

두근두근, 남들 앞에 서기 176

소주 빈 병이 예사롭지 않은 날 182

우리 꽃길만 걷자 188

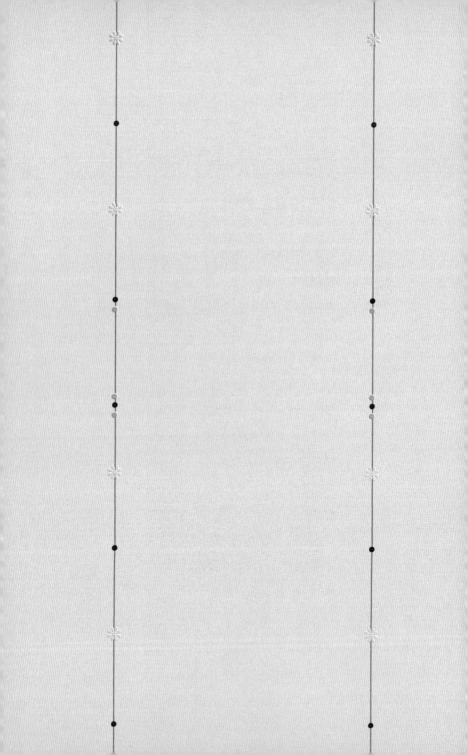

1부

정신의 영토

내가
좋아하는
것들

얼마 전 유튜브(Youtube)에서 화제가 된 영상이 있었습니다. 세계적인 여성 팝가수의 공연이 이어지고 있을 때였습니다. 가장 좋은 앞자리에 앉은 팬들이 모두 스마트 폰을 들고 가수의 모습을 촬영하자 가수가 웃으며 한마디합니다.

"당신은 이곳까지 와서 스마트 폰으로 나를 보고 있어요. 그런 건 유튜브에 깔렸잖아요? 내가 지금 당신 바로 앞에 있다고요."

이런 모습은 아름다운 붉은 빛으로 물든 해변에서도 어김없이 연출됩니다. 다정한 연인끼리 새해 첫 해를 보며 손잡고 행복을 만끽해도 좋으련만, 남녀 모두 스마트 폰 촬영에 몰두하는 모습을 보면 씁쓸합니다. 추억마저 금방 휘발될 것이라는 강박증일까요? 모든 아름다운 것들조차 축적하고 저장해야 안심이 되는 시대인지도 모릅니다.

　사람은 성장하며 점차 사회적 관계와 소비에 집중하게 되는데, 이런 생활이 반복되면 정서적으로 둔감해집니다. 자신만의 라이프 스타일을 소비에 맡겨버리면 우리 자신의 정체성을 잃게 됩니다. 유행은 '획일'을 만들고, 소비문화는 사람들의 취향마저 줄 세웁니다. 자신이 좋아했던 사소한 일상의 행복과 감성도 잃어갑니다. 좋아하는 물건과 사회적 성취 같은 것들에서 얻는 행복감이 너무나 커졌기에 일상의 소소한 감성이 비집고 들어갈 틈이 없습니다. 인류학자들은 자본주의가 고도화되면서 결국 인간은 자신의 정체성을 '소비'에서 찾게 되었다고 경고합니다.

　영화 〈사운드 오브 뮤직〉은 개봉한 지 50년이 지났지만, 여전히 좋은 울림을 줍니다.

"모래 위의 파도를 어떻게 잠재울 수 있을까?"
"달빛을 어떻게 손 안에 넣을 수 있을까?"

　사랑스럽지만 늘 산과 들로 다니며 노래를 불러대는 견습 수녀 마리아를 두고 불평하는 수녀들에게 원장 수녀가 답하는 대목이죠. 동물과 산을 보면 미칠 듯이 심장이 뛰어 주체하지 못하는 마리아 수녀는 사랑스럽습니다. 나이 든다는 것은 이런 주체할 수 없는 소소한 행복감을 잃어버리는 것인지도 모르겠습니다. 〈사운드 오브 뮤직〉에 나왔던 노래들은 세계적인 사랑을 받았습니다. 그 중 '내가 가장 좋아하는 것들(My Favorite Things)'에 나오는 것들입니다.

수선화, 푸른 초원, 밤하늘의 별들
장미 꽃잎에 맺힌 빗방울, 새끼 고양이의 수염
반짝이는 주전자, 따뜻한 털장갑
노끈 묶인 소포 꾸러미
크림색 조랑말, 바삭 바삭한 사과 파이
초인종과 썰매 방울, 국수 곁들인 슈니첼 요리
달 보고 날갯짓하는 거위

우리 꽃길만 걷자

하얀 치마 푸른 허리띠를 맨 소녀
콧잔등과 눈썹에 떨어진 눈송이
봄기운에 녹는 은빛 겨울풍경

　이렇듯 좋아한다는 것은 구체적인 것이고, 이런 것이 쌓여 자신만의 감수성이 형성됩니다. 어떤 사람을 안다는 것은 그 사람이 좋아하는 것과 싫어하는 것을 구체적으로 알고 있다는 것을 뜻하기도 합니다. 좋아하는 것이 쌓이면 행복도 쌓이게 됩니다. 때론 상상만 해도 가슴이 두근거리죠. 뚜렷하게 좋아하는 것이 있으면 가족도 행복합니다. 자녀는 아버지가 죽은 후에도 아버지의 특질과 행복했던 표정을 기억할 수 있습니다. 좋아하는 것이 없이 그저 편히 쉬는 것을 즐기면 사람들과 나눌 이야깃거리조차 없어지곤 합니다.

　나는 고요한 새벽 찬 공기에 묻은 풀과 나무의 냄새를 좋아합니다. 출근 길 벌겋게 달아오른 거제만의 수평선에 눈이 시릴 때 내가 살아있음을 느끼곤 합니다. 4월 구례와 하동 길엔 벚꽃이 가득한데, 이른 새벽 누구의 발자국도 없이 눈처럼 쌓인 꽃길을 걸을 수 있습니다. 눈꽃으로 덮인 덕유산 능선에 남은 고라니의 발자국을 따라 가면 비로소 나의 숨소리와 사각거리는 걸음 소리를 들을 수 있습니다. 젊어선 내가 맡았던 거대한 철제 교량 위에서 저 멀리 항만의 불빛을 실어오는 바닷바람을 맡으며 행복해했습니다. 고단한 날 옆에 누워 새근거리는 아내의 숨결에 행복합니다. 가을 저녁 아내의 손을 잡고 집 근처를 거닐며 별난 것도 없는 이야기를 끊임없이 나누는 것, 베란다 난실에서 차를 마시며 온 몸을 난향으로 덮는 것들. 모두 내가 좋아하는 것들입니다. 그리고 지금도 기억나는 장면, 우리 아들이 첫걸음을 떼고 아장아장 걸어가던 그 뒤통수가 너무나 정겹고 좋았습니다.

우리 꽃길만 걷자

주례사를
기억합니까?

옛날 주례 선생님은 이제 막 결혼한 신랑 신부에게 검은 머리 파뿌리가 될 때까지 '인내'할 것을 강조하곤 했습니다. "부부싸움은 칼로 물 베기"란 말도 빼지 않았습니다. 하지만 칼로 물 베기와 같은 싸움은 세상에 없습니다. 표면(현상)은 그대로인 듯 보여도 물(본질)은 엄청난 내상을 입습니다. 칼만 대수롭지 않게 기억할 뿐이죠. 사람의 영혼은 유리그릇과 같아서 내성이 생기는 척 넘어갈 순 있지만, 언젠가는 금 간 상처가 커져 깨지고 맙니다. 남편의 막돼먹은 언행에 상처받으면서도 아이들 때문에 참고 살다가 아이들이 출가하면 아내는 결심합니다. 황혼 녘에 이혼과 졸혼이 급증하는 이유는 대부분 이러합니다. 고통은 대부분 일방통행이라 당한 사람은 구체적으로 기억해도 가한 사람은 기억하지 못하는 경우가 많습니다. 때문에 대부분은 배우자의 최후통고를 황당하게 받아들입니다. 갱년기에 찾아오는 인생에 대한 회한, 아무 때고 밀려드는 미움과 울화통도 중요한 원인이 됩니다.

팔순을 갓 넘긴 노부부의 이야기입니다. 특별할 것도 없는 평범한 주말, 가족들이 모여 모처럼의 외식을 했습니다. 식사를 마칠 무렵 불쑥 아내가 묻습니다.

"당신 그때 왜 그랬어?"

남편은 무슨 뜬구름이냐며 대수롭지 않게 받아칩니다.
"여편네, 뭘 잘못 먹었나. 뭔 소리야?"

"큰 애 상견례 했던 날 말이야. 음식이 느끼해서 집에 와서 찌개 끓여 먹는다고 나 더러 돼지가 어떻고 막 뭐라 했잖아! 그리고 임신했을 때 입덧이 심해 귤이 너무 먹고 싶었는데, 가게 계산대 앞에서 귤이 비싸다고 오렌지 봉봉 하나 던져준 거 기억나? 나한테 왜 그랬냐고."

남편은 기억을 더듬지만, 기억도 나지 않고 황당하기만 합니다. 무려 30년 전의 일이니까요. 지켜보던 아들 내외 는 웃겨 죽겠다며 숨넘어가지만 아내는 여전히 진지합니다.

이렇듯 어떤 기억은 나이 먹을수록 생생해지고, 계기도 없이 불쑥 튀어나옵니다. 요즘은 '인내'를 강조하는 뻔한 주례사는 하지 않는 것 같습니다. 언젠가 들은 인상 깊은 주례사가 있습니다.

"보통 이제 막 사랑에 빠진 연인은 그 사람이 무엇을 좋아하 는지에 몰두합니다. 그 사람의 취향에 맞춰 여성은 옷차림과 헤어스타일을 바꾸고, 사람 많은 곳을 싫어하던 남자는 시내 에서 파스타를 함께 먹기도 하죠. 파스타를 좋아하지 않는데 도 입에 잘도 집어넣습니다. 하지만 결혼생활이 익숙해지면 이 런 것들은 점차 빛을 잃습니다. 대부분의 삶은 특별할 것 없는 일상으로 채워집니다. 부디 당신의 연인이 좋아했던 것을 잊지 마십시오. 그리고 앞으론 그 사람이 무엇을 싫어하고 어떨 때 분노하는지도 알게 될 것입니다. 그 대부분이 당신으로 인한 것이라는 것도요. (웃음) 변치 않는 사랑을 꿈꾸기 전에 당신의 연인이 싫어하는 행동을 먼저 새겨두십시오. 어쩌면 이것이 더 중요할지도 모릅니다."

'부부 일심동체'에 앞서 '존중과 배려'를 강조한 선생님의 말이 좋았습니다. 배우자에게 선물을 한다거나, 여행을 가는 것은 약간의 노력으로도 가능합니다. 하지만 이는 늘 지속될 수 없습니다. 부부의 일상을 아름답게 영속시키는 건 배려와 존중입니다.

내 지인은 아내와 외출할 때 늘 선글라스를 낀다고 합니다. 어여쁜 여성이 지나갈 때 눈을 돌려도 아내에게 걸리지 않기 때문이라는 말에 한참을 웃었던 기억이 납니다. 나이 들면 아내보다 예쁜 여성이 많아지는 것일까요? 물론 저는 선글라스를 끼고 외출하지 않습니다. (선글라스 없이도 잘만 보고 다닙니다.) 언젠가 어떤 부부는 이혼과 재혼을 반복하다 지금은 홀로 지내는 교수님을 주례선생님으로 모셨습니다. 상식적으로 보면 블랙코미디입니다. 가령 신부님이나 스님이 주례하는 걸 본 어른들은 한마디씩

하죠.

 "결혼도 안 해보고, 애도 안 키워본 성직자가 부부생활
에 대해 뭘 알겠어?"

 조금 더 생각하면 꼭 그런 것만은 아닙니다. 앞서 언급
한 교수님의 주례사는 큰 웃음과 감동을 주었습니다. 결
혼생활이 얼마나 비극인지, "여기 있는 하객들은 겉으론
축하하는 듯 보여도 속마음으론 니들도 한 번 당해봐라"
는 심보로 앉아있는 것이라며 분위기를 풀었습니다. 그리
고 자신의 결혼 실패 원인을 깨알같이 늘어놓았습니다. 이
혼의 이유를 자신에게 댔기에 유쾌했고, 자신이 깨닫지
못했던 부부생활의 원리를 알려주었습니다. 온통 마음을
빼앗길 것 같던 새로운 여성도 결국 살아보니 별 것 아니
고, 관계와 사랑을 만드는 힘은 자신의 구체적인 생활과
노력이었다는 진실한 고백도 좋았습니다. 주례가 끝나자
박수와 환호성이 나왔다는데, 아마 그 부부는 평생 그 주
례사를 잊지 못할 것 같습니다.

 우린 흔히 주례를 지식인이나 사회적 명망인사, 또는 성

직자에게 부탁하곤 합니다. 하지만 정작 주례를 잘할 수 있는 이는 돈과 명예가 없어도 너무나 행복한 결혼생활을 하고 있는 분입니다. 엄숙한 교훈보다 현실성 있는 삶의 지혜를 얻어 듣는 건 어떨까요? 때론 주례선생님 없이 양가 부모님들이 나오셔서 덕담하는 것도 괜찮을 것 같습니다. 요즘 젊은이들이 선호한다는 고향마을에서의 작은 결혼식, 인근 정원에서 하는 꽃밭 결혼식은 참 부럽습니다.

당신은 지금도 주례선생님의 주례사를 기억하고 있습니까? 나이든 당신은 지금은 결혼식 때 주례선생님의 나이와 엇비슷할지도 모르겠습니다. 당신은 결혼식장의 젊은 부부에게 어떤 주례사를 해주고 싶습니까?

우리 꽃길만 걷자

정신의
영토

　일전에 지인의 자서전을 읽다 배꼽을 잡고 웃은 적이 있
습니다. 대학 시절 지금의 자기 부인이 너무 예쁘게 보여
서 결혼했는데 수십 년을 같이 살다 보니 여성의 외모를
객관적으로 보게 되었고 결국 부인이 다른 여성에 비해 예
쁘지 않다는 것을 깨달았다는 겁니다. 이 이야기를 읽다
가 나의 첫 회사생활이 떠올랐습니다.

　회사 품질경영부 검사관들은 보일러 슈트(검사복)을 입
고 검사를 했습니다. 내 눈엔 그 옷이 참으로 멋있어 보였습니다. 마침내 소원이 이루어졌습니다. 품질경영부에서 일하게 되었습니다. 오렌지색 검사복을 입을 당시만 해도 가슴이 얼마나 떨렸는지요. 기술자들이 입는 작업복은 부러움 그 자체였습니다. 보무도 당당하게 검사장을 향해 나갔지만 나의 간절한 열망이 얼마나 어리석었는지 깨닫는 데는 하루가 채 걸리지 않았습니다. 검사복은 일체형이라 화장실에서 용변을 보려면 이만저만 힘든 것이 아니었습니다. 특히 여름엔 아주 죽을 맛이었습니다. 상의를 벗을 수가 없어 낮에 땀으로, 퇴근 후엔 땀띠로 아주 고역이었습니다. 짧은 소매 셔츠 차림이 행복하다는 것을 그제서야 알게 되었습니다.

언젠가 네 쌍의 부부동반 모임에서 자서전의 이야기를 하니 여자들도 깔깔거리며 자기들도 똑같다고 난리입니다. 남의 남자가 더 매력적이고 멋있어 보인다나요? 남편의 미련한 행동에 화가 났는데, 소파에 누워 축 처진 남편의 배와 흐린 눈동자를 보면 화가 폭발해버리고 만다는 이야기에 한참 웃었습니다.

우리 집엔 '만족할 줄 모르는 것보다 더 큰 재앙은 없다

禍莫大於不知足'라는 한자 글귀가 있습니다. 벽에서 노려보고 있는 이 경구를 매일 봐도 욕심은 매일 자라납니다. 욕심의 끝은 없고, 한두 번의 성취는 우릴 더욱 대담하게 만들어 더 큰 것에 대한 욕망을 키우기 마련이죠. 욕망을 채우기 전 갈구하던, 그것을 손에 쥔 바로 그 순간 비극이 시작됩니다. 얼마 못 가 손에 쥔 것을 식상해하고 다른 큰 것을 갈구합니다. 물건에 대한 것을 넘어 사람과 사랑에 대한 것으로까지 확장됩니다. 우리가 겪었듯 많은 연인들의 헤어진 사연엔 서로에 대한 익숙함과 식상함이 있습니다. 서로 익숙해지면 아름답게 빛나던 밤하늘 별빛이라 생각했던 것이 누군가 버린 낡은 구슬 따위로 여겨집니다.

우린 어떻게 해야 만족할 수 있을까요? 보통사람이 이를 수행하기란 거의 불가능에 가까운 듯합니다. 손에 쥔 것의 헛됨과 욕망의 부질없음에 대한 통찰은 임종을 앞두고야 찾아오니 이 또한 얄궂은 이치 아니겠습니까? 다만 성현들은 '빈 공간'에 대한 지혜를 남겨놓으셨습니다. 돈벼락을 맞은 이가 엄청나게 큰 집을 구하고, 그 안에 값비싼 가구를 이것저것 채우다 보니, 막상 잘 공간이 줄어들어 새우처럼 쪼그려 자게 되었다는 이야기가 있죠. 이건 예부터

전해오는 이야기인데, 한국인의 생활문화를 정확히 꼬집고 있습니다. 물질로 가득 채울수록 안식의 공간이 없어진다는 이 기가 막힌 이야기는 누구나 체험을 해봤을 법한 이야기입니다.

1990년대 이후 생활수준이 전반적으로 개선되자 아파트마다 러닝머신을 샀습니다. 자전거 열풍이 불었을 때는 아이 키우는 집 현관마다 자전거 서너 대는 기본이었죠. 그뿐인가요. 식기 건조대와 대형 냉장고, 김치냉장고까지 들어섭니다. (물론 엄청난 부자라면 100평 정도의 집에 별도의 의상실과 액세서리 룸을 만들고도 집에서 뜀박질할 수 있을 정도라 문제가 없겠죠.) 결국 좁은 땅덩이에 아파트 건축문화를 사랑했던 우리는 빈 공간 하나 없는 방을 오가며 살았습니다. 러닝머신이 얼마 못 가 빨래건조대 역할을 하는 것이 보통이었죠. 저 역시 15년 전 어머니 건강을 위해 자전거를 선물해 드렸는데, 처음 몇 번 타시다 사용하지 않으셨습니다. 그 자전거가 지금 우리 거실의 옷걸이로 사용되고 있습니다.

무소유 철학을 가지셨던 법정 스님의 말씀이 참 좋습니

다. 법정 스님이 입적하시기 전 다큐멘터리에서 주거공간에 대해 하신 이야기입니다.

"자기 주거공간 같은 것은 될 수 있으면 단순해야 한다고. 공간이 단순해야 어떤 광활한 정신공간을 지닐 수 있어요.
이것저것 가구 같은 것을 잔뜩 늘어놓으면 그 안에 틀어박혀서 개운치가 않잖아요? 눈에 띄는 것이 많아서.
근데 아무 것도 없는 빈방에 있으면 전체적인 자기, 온전한 자기를 누릴 수가 있다고, 무엇인가를 갖게 되면 거기에 붙잡힌다고. 말하다면 가짐을 당하는 거지.
그런데 될 수 있는 한 가진 것이 적으면 홀가분해요. 매인 데가 없으니까 텅 빈 상태에서 충만감을 느끼는 거예요."

"공간이 단순해야 광활한 정신공간을 지닐 수 있다"는 법정 스님의 말씀을 여러 번 생각하게 됩니다. 굳이 우리나라뿐 아니라 세계의 성현들은 이 빈 공간이 지혜가 들어찰 수 있는 근거라고 보았던 것 같습니다. 성경에는 '마음이 가난한 자'라는 표현이 자주 등장합니다. 청년시절에도 나는 이 뜻을 정확히 해석하지 못했습니다.

'마음이 가난한 자'는 자신의 영적 빈곤을 알고 있는 자라는 뜻과 함께, 마음속에 지식과 오만, 재산, 욕망과 같은 것들이 없어 비어있는 지리는 해석이 가능하다고 하너군요. 나중에 한 성직자의 설명을 듣고서야 이해했습니다.

열아홉 살에 장원급제를 하고 스물에 군수로 나온 젊은이가 선사에게 선정을 위한 지혜를 묻자 "나쁜 일은 말고 착한 일 많이 하십시오." 했죠. 젊은이가 너무나 뻔한 소리에 불쾌해하자 선사가 찻잔에 물이 넘칠 때까지 따랐습니다. 젊은이가 "찻물이 넘쳐흐르지 않습니까?"라며 소리지르자, 선사는 "찻물이 넘쳐 바닥을 적시는 건 아시는 분이 지식이 넘쳐 인품을 망치는 건 왜 모르십니까?"라고 말했습니다. 젊은이는 부끄러운 마음에 자리를 박차고 나가려다 다시 문틀에 이마를 박고야 맙니다. 선사가 쐐기를 박습니다. "머리를 숙이시면 부딪칠 일이 없습니다." 조선조 재상 맹사성孟思誠의 일화입니다.

겸양. 쉬운 것 같아 보여도 어렵습니다. 결국 비어야 작은 행복들이 자리를 잡을 수 있습니다. 마음과 생활을 비워 이 빈 공간을 기꺼이 마련해야 '만족'이 비로소 들어온다는 이치겠지요.

잠 못
이루는 밤

불면증으로 매일 밤을 뒤척인 적이 있었습니다. 삼성에서 일하던 40대, 늘 초긴장 상태로 싸워야 했던 시절이었습니다. 새벽별이 지기 전에 회사에 도착해 뛰어다녀 몸은 녹초가 되었지만 밤에 잠이 오지 않았습니다. 아무리 애를 써도 각성覺醒 상태에서 빠져나올 수 없었습니다. 머릿속에선 끝없이 회사에서 있었던 일과 사람들의 목소리가 흘러 다녔고, 해결하지 못한 일들이 매우 구체적으로 떠올랐습니다.

운동을 하고 몸을 더 많이 움직여도, 수면제를 먹어도 소용이 없었습니다. 억지로 잠을 청해서 그런지, 잠은 더 오지 않았습니다. 주방에 나가 술도 마셔보고, 온수 목욕을 해봐도 몸은 촛농 녹듯 무겁게 녹아내리는데 머릿속은 여전히 너무나 선명하게 깨어있었습니다. 불면증을 겪지 못한 사람은 이해하기 어려운 수준의 고통입니다. 긴 밤 내내 째깍거리는 시계 초침 소리는 머릿속을 망치로 두드리는 듯 들리고, 이에 맞춰 내 심장 소리는 왜 그리 크게 들리던지요. 옆에서 코를 골며 자는 아내의 뒷모습이 부럽다가도 문득 짜증이 치밀어 올랐습니다.

가수면 상태로 새벽을 맞아 늘어진 몸을 가까스로 추스르며 출근했습니다. 이렇게 몇 개월을 거의 좀비처럼 기진맥진 걸으며 살았습니다. 나중엔 머릿속이 엉망진창으로 꼬여 정말 이러다간 죽겠다는 생각이 들었습니다. 어느 순간 나를 지탱하던 팽팽한 긴장의 끈이 툭 하고 끊어지면 심장도 멎을 것 같았습니다. 의사들은 이런 상태를 과항진過亢進이라고 부르더군요. 정신 또는 호르몬 등의 이유로 몸이 주변에 자극에 과도한 반응을 보이며 상시적인 긴장 상태를 이어간다는 겁니다.

어떤 계기였는지는 기억나지 않지만 이 불면증은 치유되었습니다. 회사의 일을 집으로, 또는 집의 일을 회사로 가져가지 않겠다고 결심하고 땀을 흠뻑 흘릴 정도로 운동하며 생각의 찌꺼기들을 뱉어냈습니다. 약간의 졸음이 와도 이불 속으로 들어가 잠을 청했습니다. 그렇게 해서 수개월 동안의 미칠 것 같은 고통에서 벗어날 수 있었습니다. 그 후로는 아무리 큰일을 겪어도 침대에 누우면 바로 잠에 빠질 수 있었습니다. 심한 홍역을 앓고 내성이 커진 것입니다.

얼마 전 TV를 보는데 수 년 멈추지 않는 딸꾹질로 하루하루를 형벌처럼 살아가는 이의 사연이 소개되었습니다. 그는 그치지 않는 딸꾹질로 밥조차 온전히 먹지 못하고 잠도 자지 못했습니다. 밥 먹다 딸꾹질이 나올까, 밥덩이를 밀어 넣어 그냥 삼켰고, 하루에도 엄청난 양의 콜라를 마시며 자극을 통해 딸꾹질을 잠재우려 했죠. 밤에도 어김없이 찾아오는 딸꾹질로 진땀을 빼다 결국 독한 고량주 나발을 불고 나서야 혼절하듯 잘 수 있었습니다. 그가 인터뷰하다 '차라리 죽고 싶다'며 눈물을 보였습니다.

그는 수없이 많은 병원을 찾아다녔지만 원인을 찾을 수 없었습니다. 딸꾹질의 원인은 백 가지가 넘는다고 하는데, 그의 원인은 단 하나 '심리적 요인'밖에 없었습니다. 믿었던 동네 벗들에게 사기를 당하자 논바닥에서 핏대 높여 괴성을 지르며 싸운 날부터 시작된 딸꾹질이었습니다. 내가 보았을 때 의사의 처방은 부실할 정도로 간단한 것이었습니다. 하소연할 곳 하나 없었던 그가 유일하게 위안 받는 순간이 바로 딸꾹질을 할 때였습니다. 그가 딸꾹질을 멈추지 못하게 되면서 마을 사람들이 그를 동정했고, 그 또한 자신을 온전한 피해자로 인식하며 위로했다는 것입니다. 병원에서 의사의 이야기를 듣고 온 날 그의 오랜 딸꾹질이 멎었습니다. 의사의 진단 때문인지, 아니면 함께 처방해준 약 때문이었는지, 그것도 아니며 곁에 있던 방송국 카메라와 PD 때문이었는지.

사람 몸은 주인의 일상을 가장 정직하게 반영한다고 합니다. 하지만 주인의 것 중 가장 빠르고 정교하게 반영하고 있는 건 어쩌면 '마음'일지도 모릅니다. 사람은 마음을 다스리기 위해 몸을 쓰고, 몸을 다스리기 위해 성찰합니다. "걱정해서 걱정이 사라지면, 세상 걱정할 일이 없겠

네."라는 우스갯소리가 있습니다. 따지고 보면 정신의 샛강에 끊임없이 흐르는 것이 상념이고, 상념의 가장 많은 부분이 바로 걱정이기도 합니다. 한 스님은 불자들의 수양을 위해 이런 말을 합니다.

"그 수많은 상념이 바로 자기 자신인가? 아니면 자신의 존재와 별개로 그저 흘러가는 것인가?"

그렇습니다. 그저 흘러가게 두어야 합니다. 걱정이라는 돛단배는 결코 우리 인생, 즉 강물 자체가 될 수 없습니다. 그저 떠나가는 것일 뿐입니다. 걱정과 분노, 명예심과 억울함이 커져 우리 자신을 잡아먹지 못하도록 말입니다. 이것이 자기 자신과 작은 행복을 지키는 방법입니다. 나이가 다 들어서 앓은 홍역으로 자신을 치유하는 방법 하나를 알게 되었습니다.

우리 꽃길만 걷자

주도유단
酒道有段의
본뜻

아버지는 술을 유독 즐기셨습니다. 내가 어렸을 적 아버지는 소를 앞세워 온종일 논과 밭에서 일하다 오시곤 했습니다. 농번기에 체력이 바닥나면 술 힘으로 버티곤 하셨죠. 새벽부터 해 떨어질 때까지 고된 일을 하셨는데, 너털거리시며 술 냄새를 풍기며 돌아오시곤 하셨습니다. 술 냄새가 고약했기에 '나는 커도 절대로 술 따윈 입에도 대지 않으리라'는 거짓말을 입에 달고 살았습니다.

그랬던 내가 지금은 술이라면 아버지와 거의 한판 붙을

수 있는 경지까지 올랐습니다. 그것도 아버지가 독한 냄새로 내뿜던, 바로 그 막걸리를 즐기게 되었으니 부전자전이랄까요? 아들 녀석 역시 '커서 촌스럽게 막걸리는 먹지 않을 것'이라고 하더니 지금은 나보다 막걸리를 더 즐기고 있습니다. 무슨 막걸리 선호 DNA라도 있는 것일까요? 소주와 맥주는 무슨 음료를 먹는 기분이라 얼큰한 취기가 오르지 않습니다. 내가 "술은 누구보다 세다"고 말하면 부인은 "어디 가서 그런 소리 입 밖에도 내지 말라"며 기겁합니다.

그리스로마신화에서 술은 신이 준 축복의 선물로 묘사됩니다. 찬란한 태양과 빗방울의 세례를 받고 태어난 디오니소스가 인류에게 준 선물이 바로 포도주였습니다. 풍요로움을 주며 근심과 걱정을 없애주는 술의 신 바쿠스(Bacchus)가 바로 디오니소스입니다. 우리가 먹는 피로회복제 '바카스'의 이름이 술의 신 바쿠스에서 유래했다는 사실도 재미납니다.

언젠가부터 국가별 술 소비량이 소개되고 있습니다. 세계지도로 표시하면 체코, 헝가리, 러시아 등의 추운 지방

우리 꽃길만 걷자

이 단연 1위고, 이슬람권과 아프리카 대륙은 거의 청정지역 수준입니다. 해당 국민이 즐겨 먹는 술의 알코올 도수를 표시한 지도는 매우 인상적입니다. 독한 술일수록 붉은색, 약할수록 청색으로 표시했는데, 러시아와 대한민국만이 시뻘겋게 빛나고(?) 있습니다. 두 민족은 술에 관대해 술에 얽힌 사건사고도 끊임없었지만, 반대로 술자리를 주도酒道의 경지로 끌어올리기도 했습니다.

 옛날 우리 선비들의 주법은 절제되어 있었습니다. 유배지에서 정약용은 둘째가 주당 酒黨이라는 정보를 듣자 바로 편지로 훈계하죠.

"술은 무릇 입술에 적시는 것이지, 입술과 혀조차 거치지 않고 소가 물 처먹듯 위장에 들이부어 곯아떨어지는 자가 무슨 술맛을 알겠느냐? 술의 정취는 살짝 취하는 데 있다."

 이를 보면 조선 선비들의 주법이 엄했음을 알 수 있습니다.

'얇은 사 하이얀 고깔은 고이 접어서 나빌레라'

조지훈의 시 '승무'의 첫 소절이죠. 이 작품은 어릴 적 교실에서 낭송되곤 했는데 모국어의 아름다운 운율이 일품입니다. 특별한 애주가였던 조지훈은 『동문서답』이라는 산문집을 내며 〈주도유단〉이라는 글을 발표했습니다. 그는 이 글에서 술 마시는 사람에게도 급수가 있다면서 무려 18계를 나열했습니다.

불주(不酒): 술을 아주 못 먹진 않으나 안 마시는 사람.

외주(畏酒): 술을 마시긴 마시나 술을 겁내는 사람.

민주(憫酒): 마실 줄도 알고 겁내지도 않으나 취하는 것을 민망하게 여기는 사람.

은주(隱酒): 마실 줄도 알고 겁내지 않고 취할 줄도 알지만 돈이 아쉬워서 혼자 숨어 마시는 사람.

상주(商酒): 마실 줄도 알고 좋아도 하면서 무슨 잇속이 있을 때만 술을 내는 사람.

색주(色酒): 성생활을 위하여 술을 마시는 사람.

수주(睡酒): 잠이 안 와서 마시는 사람.

반주(飯酒): 밥맛을 돕기 위해서 마시는 사람.

初級 학주(學酒): 술의 진경眞境을 배우는 사람(酒卒).

一段 애주(愛酒): 술의 취미를 맛보는 사람(酒徒).

二段 기주(嗜酒): 술의 진미에 반한 사람(酒客).

三段 탐주(耽酒): 술의 진경을 체득한 사람(酒豪).

四段 폭주(暴酒): 주도酒道를 수련하는 사람(酒狂).

五段 장주(長酒): 주도삼매酒道三昧에 든 사람(酒仙).

六段 석주(惜酒): 술을 아끼고 인정을 아끼는 사람(酒賢).

七段 낙주(樂酒): 마셔도 그만 안 마셔도 그만, 술과 더불어
유유자적하는 사람(酒聖).

八段 관주(關酒): 술을 보고 즐거워하되 이미 마실 수는 없는
사람(酒宗).

九段 폐주(廢酒): 열반주涅槃酒, 술로 말미암아 다른 술 세상으
로 떠나게 된 사람.

　

당대의 문인답게 술에 대한 위트와 과장이 대단합니다. 그는 어떤 목적을 위해 술을 즐기는 이를 초급수준도 안 되는 애송이로 취급합니다. 낙주(樂酒)의 경지는 얼마나 대단합니까? 술을 마셔도, 안 마셔도 그만이라니. 술의 노예가 아니라 술을 수단으로만 부릴 줄 아는 역량입니다.

흥미로운 대목은 관주關酒와 열반주涅槃酒입니다. 병에 걸려 더는 술을 못 마시고 바라만 보는 이와 술로 인해 이

미 열반에 든 망인을 최고수라 들었는데, 시인 역시 술의 종착지를 잘 알고 있습니다. 하지만 이를 야박한 의학상식으로 술 많이 먹으면 죽는다고 하지 않고 오히려 문학적으로 표현합니다. 열반주라니요.

물론 의사들은 이렇게 경고합니다. 술은 위 점막을 손상하며 만성 소화불량은 물론 장기적으론 뇌손상에 이르게 하며, 극단적으론 인간관계를 파괴하는 주범이라고요. 그러나 술 없는 세상에 무슨 운치가 있겠습니까? 모자란 듯 마시며 정담이 오가는 술자리는 낭만파 벗들과 최고의 시간을 보내게도 합니다.

조지훈 선생이 워낙 애주가였지만 독자들이 쉽게 놓치는 대목이 있습니다. '주격酒格'입니다. 그는 많이 먹는다고 주격이 높아지지 않는다며, 누구와 마셨는지, 술버릇과 연륜을 종합해야 그이의 주격을 알 수 있다고 했습니다. 오랜 기다림 끝에 만난 동창과의 술자리에 가서는 일 년 치 웃을 것을 다 웃다 배를 잡고 오기도 합니다.

나는 지금까지 살아오면 단 한 번도 술에 취해 실수를

하거나 물건을 깨뜨리거나 갈지자걸음을 한 적이 없습니다. 술을 배울 때부터 긴장하며 배웠고 안주를 충분히 먹고 술 또한 천천히 마시기 때문입니다.

　진정한 애주가는 술이 아닌 술자리를 즐깁니다. 낭만과 철학, 적절한 예법과 벗과의 정담이 있어야 멋진 술자리입니다. 사람이 개로 변신하고, 술이 사람을 먹는 일은 없어야 합니다. 이것은 8시 뉴스에 나올 일입니다.

높고
낮음의
원리

이따금 부부동반 모임에 초대받습니다. 뜻 맞는 동창들이 뭉치기도 하고 회사에서 행사를 잡을 때도 있죠. 처음에 어색하던 분위기도 술이 몇 순배 돌면 웃음꽃이 피어오릅니다. 그리고 대화의 소재는 자연스럽게 가정사로 옮겨가곤 합니다. 아마 기혼자들이 가장 편하게 공감할 수 있는 이야기가 아이들 이야기가 아닐까 합니다. 물론 부부간의 이야기도 빠질 수 없습니다. 풋풋한 연애 시절 이야기는 부부간의 애정을 재확인시켜주는 으뜸 소재입니다. 문제는 그다음입니다. 찬란하게 눈부셨던 청춘의 열

우리 꽃길만 걷자

정과 추억을 되짚다 문득 현실의 남루한 부부관계로 소재가 옮아갑니다.

남자는 가정에서의 자신의 위치를 과시하려는 듯 아내의 흠결을 들추며 농담의 소재로 삼습니다. 아내는 평소에 가졌던 불만에 대한 정당성을 확인받기 위해 가정에서의 남편의 안일한 습관을 성토합니다. 애정을 확인하기 위한 애교 섞인 농담이면 그래도 괜찮습니다. 하지만 아내나 남편이 모욕감이나 수치심을 느낄 정도면 안 됩니다. 모처럼의 기분 좋은 나들이는 부부싸움의 발단이 됩니다. 나 또한 이런 경험이 몇 번이나 있었습니다. 남자는 영원히 철들지 않는다는 아내들의 하소연이 어쩌면 진리일지도 모릅니다.

아이에 대한 이야기도 마찬가지입니다. 수십 년 전 회식 자리에서 직장 상사 한 분은 아들 자랑을 얼마나 하던지 지루하기 짝이 없었습니다. 그 자리의 수많은 이들에게 아들의 총명함과 기특함을 인정받고야 말겠다는 듯 모든 대화의 결론은 아들의 영특함이었습니다. 나는 나중에 절대로 자식 자랑하고 다니진 말아야겠다는 결심을 하게 된 날이었고, 이후로도 나는 어떤 모임이건 아이 자랑을 하지 않습니다.

배우자에 대한 힘담이든, 아들에 대한 자랑이든 그 지향성은 동일합니다. 배우자를 낮춰 자신을 높이려 함이고, 아들을 자랑해 DNA의 터전이자 훈육자인 자신을 높이려 함입니다. 하지만 이러한 '홍보'의 원리는 오히려 역설적입니다. 자신의 입으로 스스로를 높임은 오히려 낮아지는 결과를 가져오고, 상대를 낮추는 순간 자신도 낮아집니다. 애초 사람의 마음은 그렇게 설계되지 않았기 때문입니다.

97세로 타계하신 서예가 국정(菊井) 김현봉 선생님이 생존해 계실 때 여러 번 자택에 찾아뵌 적이 있습니다. 사모님께서 국정 선생님을 얼마나 내세우고 자랑을 하시던지, 돌아가신 우리 할머니를 보는 듯했습니다. 사실 따지고 보면 세상에 밝게 드러나신 분은 국정 선생님이시지만, 남편의 그늘에서 헌신적인 지원과 내조를 아끼지 않으셨던 분이 바로 사모님이셨거든요. 사모님은 어떤 경우에도 남편에 대한 힘담이나 약점을 입 밖에 내지 않으셨습니다. 아마도 저를 비롯해 사모님을 아는 많은 이들이 사모님의 겸양과 덕에 감화되지 않았을까 생각합니다.

언젠가 TV를 보다 아내에게 물었습니다.

"여보, 난 당신보다 4살이나 위잖아? 연예인들도 저렇게 남편한테 오빠라고 하는데, 어디 한번 오빠라고 불러보지?"

아내는 단박에 거절합니다. 나이와 상관없이 한날한시에 일심동체—心同體가 되었기에 절대 그럴 수 없다고 합니다. 동체同體끼리 무슨 나이가 있냐는 거죠. 결국 본전도 못 뽑았습니다.

아내 이야기를 할 땐 남편 역시 나서지 않는 것이 좋습니다. 굳이 배우자 이야기를 해야 할 자리라면 아내의 지혜로움과 다사로운 성품을 추켜세우는 것이 좋습니다. 단몇 마디에 사람들은 남편의 배려와 부부간의 금실에 매혹될 것입니다. 습관적으로 배우자 험담을 하던 이들도 많은 것을 생각하게 될지도 모릅니다. 지혜로운 이는 이런 부부동반 모임조차도 부부관계를 강화할 수 있는 기회로 삼습니다. 공개석상에서 배우자의 이런 관심과 애정은 몇 달간의 서운했던 마음마저 날려버릴 정도의 특별한 효과를 낳습니다.

 한 지인의 젊은 시절 이야기입니다. 중학교 시절 헤어져 연락이 닿지 않던 친구와 연락이 닿았답니다. 기쁜 마음에 친구 부부와 부부동반 회식을 했고 술자리가 무르익자 자연스럽게 아이 이야기가 나왔습니다. 결혼한 지 몇 년 되지 않은 친구 내외였기에 출산을 미루는 것인 줄 알고 육아의 피곤함과 아이가 주는 충만한 행복감을 그 앞에서 이야기했습니다. 한참을 웃고 떠드는 유쾌한 자리였습니다. 얼마 후 친구 내외를 집에 초대했는데 몇 번이나 친구가 이런저런 이유를 들며 거절하더랍니다. 한참이 지나서야 친구의 진실을 알게 되었습니다. 친구와 아내는 모두 불임 판정을 받은 상태였고, 의학적 방법을 모두 동원해서 아이를 갖고자 했지만 번번이 유산되었다는 것입니다. 슬픈 마음을 위로할 겸 오랜 벗과 부부동반 모임을 가졌지만, 오히려 친구 아내에겐 더 큰 상처만이 남았다는 이야깁니다. 아이 이야기는 후배 자신에겐 일상의 소소함

이었지만, 아이를 갈구했지만 얻지 못한 친구에겐 큰 상실
감을 주었습니다.

　사람들과의 모임에선 정치와 종교, 군대에 대한 이야기
보다는 자신의 실수담과 옛이야기 등을 통해 허물없이 대
화하는 것이 좋습니다. 농담과 유머도 쉬운 것은 아닙니
다. 많은 책과 경험을 통해 구사하는 순발력이 대단히 중
요합니다. 사람의 영향력은 '매혹'에서 나옵니다. 상대를
존중하면서 좋은 영감을 주는 이가 사람을 매혹하며, 사
람은 이렇게 매혹하는 사람에게 많은 영향을 받을 수밖에
없습니다. 그 사람이 빠지면 모임이 재미없어 사람들이 찾
는 이가 바로 그런 사람입니다.

회고록이
준 선물

작년 여름, 더 나이 먹기 전에 책을 내겠다고 결심했습니다. "서점에 깔린 수만 권의 책 중 왜 나의 책은 없는가?"라는 생각이 출발점이었습니다. 이런 생각이 든 이유는 나의 관심은 늘 좋은 책에 가 있었고, 홍보문구만 보고 책을 주문했다가 그 내용의 시시함과 편협함에 실망한 적이 한두 번이 아니었기 때문입니다. 나의 '매송서실'엔 주변 지인들이 선사한 수많은 자서전이 있습니다. 지인들의 자서전을 보면서 언젠가는 꼭 책을 내야겠다는 생각을 했습니다.

돌아보면 내가 다른 이보다 더 특출한 인생을 산 것도 아니고 인생의 큰 성공이나 깨달음을 얻은 것도 아닙니다. 그러나 책은 꼭 사회적 명망가들의 전유물만은 아닙니다. 동시대인과 지인에게 공감과 위로를 줄 수 있다면 그만입니다. 우리나라에선 아직도 많은 이가 자서전을 위인전과 비슷하게 생각합니다. 하지만 출판문화가 일찍이 도입되었던 유럽의 경우 18세기부터 자신이 겪은 신비로운 체험과 철학적 화두를 담은 책을 소량으로 출판하는 문화가 있었습니다. 와인과 홍차를 곁들인 식후 티 타임에서도 대화의 화두는 늘 '책'에 대한 것이었고, 귀족들은 대화에서 소외되지 않기 위해 책을 읽고 출판했다고 하지요.

중국엔 '개관정론蓋棺定論'이라는 말이 있습니다. 관 뚜껑을 덮어야 그 사람을 비로소 평할 수 있다는 뜻입니다. 이 말은 여러 뜻으로 해석할 수 있습니다. 그 사람이 청춘과 장년 시절 아무리 좋은 일을 했더라도 늙어서 졸렬했다면 달리 평가될 것이고, 또 일반적인 평가와 달리 그이가 죽고 나서 새롭게 밝혀진 사실이 역사적 진실과 교훈으로 읽힌다는 뜻입니다. 한편으로는 왕조나 시대가 바뀌면 사람에 대한 평가도 바뀐다는 뜻으로도 해석됩니다. 서슬 퍼런 권력을 휘두르던 위정자가 죽어야 비로소 그 사람에 대해 자유롭게 이야기하고 평가할 수 있기 때문입니다. 중국의 수많은 평전이 이렇게 탄생합니다.

하지만 자서전은 반드시 죽음을 앞두고 후대에게 남기기 위해 쓰는 것은 아닙니다. 오히려 백세시대 남은 인생을 위한 새로운 에너지를 얻기 위해 쓰기도 하고, 안식년이 되어 자신의 삶을 성찰하며 새로운 가치를 심장에 새기기 위해서도 씁니다. 때론 동료들에게 깊은 위로를 전하기 위하기 위해서도 쓰지요. 나의 경우는 약간 독특했는데, 늘 혼자 틈틈이 습작하며 글쓰기를 즐겼기에 무엇보다 나의 진솔한 이야기를 첫 작품으로 내놓고 싶었습니다. 또한 지난날을 또박또박 활자로 박아 넣어 남은 생을 위한 새로운 변곡점으로 삼으려는 요량도 있었습니다. 앞서 언급한 개관정론을 위한 준비라고도 할 수 있겠지요.

내가 아는 작가 한 명은 한글을 여태 배우지 못하신 어머니가 뒤늦게 한글을 배워 소소한 안부편지를 보내시는 것을 보고 감격했습니다. 어머니의 팔순을 앞두고 녹음기를 들고 어머니의 생애를 기록했고, 팔순잔치 때 어머니께

'○○○ 여사 회고록'을 선물했습니다. 평생 아버지의 뒷전에서 당신의 말에 누구도 귀 기울여주지 않았지만, 자신의 이야기가 소담하게 담긴 그 책을 매일 한 장씩 읽어가며 웃고 울며 기뻐하시더랍니다. 기록과 문자의 힘입니다.

물론 말처럼 자서전을 내는 게 쉬운 일은 아니었습니다. 어느 정도의 집중력과 작업시간도 필요했습니다. 또 매일 지난 기록과 기억을 확인하며 검토해야 했습니다. 출판과정에서 우리나라 출판업계의 사정도 알 수 있었습니다. 책을 사는 사람은 점점 줄어들어 TV를 통해 알려진 명망가나, 오랜 작업으로 이미 베스트셀러 작가로 검증받기 전엔 3천 권 나가면 대박이라고 합니다. 작가는 물론, 출판을 업으로 삼는 이들도 하루하루가 고단하긴 마찬가지입니다. 인터넷과 소셜 네트워크 문화의 발달이 출판환경에도 꽤 영향을 주었는데, 우리나라의 경우 그 편향이 심한 쪽에 속합니다. 다양한 매체의 발달로 책을 사서 읽는 사람이 급격히 줄어들고 있습니다.

나의 처녀작 『예순, 이제 겨우 청춘이다』는 교보문고, 영풍문고 등 대형서점과 인터넷서점에서 소개되었고 지인들이 책 홍보를 해주었습니다. 책을 전혀 읽지 않았던 한 지인에게 책을 선물하니, 처음엔 책 제목만 읽으려 했다가 내용이 좋고 흥미로워 삼 일 만에 다 읽었다고 합니다. 더 재미있는 일은 부인이 읽은 뒤 남편에게, 또는 남편이 읽고 나서 부인에게 권유해 부부가 독서를 한 경우도 많았습니다. 광명과 서울에서 대형서점을 하는 친구는 제 책을 에세이 베스트셀러 칸에 올려놓았는데 꽤 많이 팔려나갔습니다. 수익을 생각하지 않고 만든 책이지만, 지인이 아닌 일반 독자의 구매가 저를 무척이나 흥분시켰습니다.

책을 출판한 지 얼마 되지 않아 사무실에 전화벨이 울렸습니다. 이른 아침이라 무슨 사고가 생겼나 긴장하며 전화를 받았는데 다행히 친구의 안부 전화였습니다. 밤을 새워 책을 읽고 부인에게 줬는데, 부인 또한 순식간에 책을 읽고는 큰 감명을 받았다면서 나를 고무했습니다. 오랜 후배는 인터넷에서 책을 제일 먼저 사 자신의 서명을 해 저에게 다시 보냈습니다. 작가의 처녀작을 축복하는 세리머니라고 하더군요. 늘 책을 곁에 두고 사는 송 감독이라는 분은 작가에 대한 예의라며 책을 사서 주변에 선물하겠다고 해서 말리느라 혼이 났습니다. 부산의 중학교

우리 꽃길만 걷자

동창은 10권을 사서 자신의 직원들에게 선사했습니다. 너무나 큰 감동이었습니다. 사실 책을 내기 전 독자들의 반응을 상상하며 노심초사했습니다. 반응이 아예 없거나, 별 내용이 없다는 평을 들으면 침대에 누웠다가도 발로 이불을 차며 벌떡 일어날 것 같았거든요.

내 자서전을 읽은 서울의 초등학교 여자 동기는 자신도 10년 후에 책 한 권을 출간하겠다고 하더군요. 그런데 많은 벗들은 자신은 내세울 것도 이야깃거리도 없는 그저 필부匹夫라 감히 엄두를 내지 못하겠다고 합니다.

저는 지금 당장 준비해서 책을 내라고 권하고 싶습니다. 자서전이 주는 선물은 의외로 굉장합니다, 유년시절을 기억하며 잊고 살았던 소중한 장면들과 가치를 끄집어내기도 하고, 한동안 소원했던 친구의 얼굴을 떠오르게도 합니다. 그리고 무엇보다 자신이 청춘시절 꿈꿨던 열정과 고난의 정체를 발견하고 지금의 삶을 돌아보는 영혼의 보약입니다. 가족과 친지들이 나를 더 깊이 이해하며 한동안 이야기꽃을 피울 수 있는 것도 자서전이 준 선물입니다.

시작이 반인데, 자서전 쓰기는 우선 정직하게 기록하는

것으로 출발합니다. 그다음은 해당 소재에 따라 다소 투박하게 써나갑니다. 글은 자주 고쳐 쓰면 좋아지고, 생각을 익히면 더 좋은 표현도 생각나기에 특별한 왕도가 없습니다. 중요한 건 진정성입니다. 자서전을 자신에 대한 홍보의 수단이나 자랑거리로 여기시는 곤란합니다. 죽음을 앞둔 노인 중에는 더러 자서전에 온통 자기 자랑과 업적, 재산을 기록하기도 하는데, 이건 피해야 할 일입니다.

그렇게 되면 선거철이 돼서 쏟아지는 수많은 정치인들의 과장 섞인 자랑과 다를 바 없습니다.

쓰다 보니 가장 중요한 이야기를 하지 않았습니다. 자기 생각을 기록한다는 것은 영혼을 탁마琢磨하는 과정이기도 합니다. 거칠고 야물지 않은 생각과 편협했던 자신의 마음가짐을 확인하는 일이기도 합니다.

우리 꽃길만 걷자

이것 또한
지나가리라

    하루하루 마음이 무겁습니다. 세계적인 불경기와 유가 하락으로 조선업종이 최악의 암흑기를 지나고 있습니다. 세계 최다 수주를 노리며 한국을 치고 나오던 중국의 조선소 80%가 폐업했고, 우리나라 조선소 사정도 별반 다르지 않습니다. 은행대출 이자와 채무에 시달려 직원 월급을 몇 달간 주지 못한 경영인이 어제 자살했고, 오늘은 밀린 임금에 회사를 나와 시름 하던 가장이 죽었다는 소식을 듣습니다.

경비를 줄이려 사무실 비품마저 절약하고 인력을 감축하고 임금을 삭감해도 실마리가 보이지 않습니다. 명예퇴직한 직원들에게 줄 퇴직금을 마련하는 것도 보통 일이 아닙니다. 은행 이자 납부일은 왜 이리 빨리 돌아오는지, 가지고 있던 난蘭과 금, 땅을 모두 팔아도 감당이 되지 않습니다.

좋은 시절 은행에 가면 늘 VIP 대접을 받는 분위기였지만, 하소연하는 처지가 되니 은행에 갈 때마다 마음이 편하지 않습니다. 친구와 친지들에게 돈을 빌리는 것도 이젠 못 할 짓입니다. 지금의 조선업이 언제 부활할지는 그 누구도 모릅니다. 머피의 법칙인지, 사정이 어려워지니 경조사도 많아집니다. 사람 도리를 해야겠기에 용을 쓰지만 하루하루 한숨도 늘고 술도 늘어갑니다. 부도를 남의 일로만 알았는데, 대기업에서 하청단가를 낮추고 물량마저 줄이니 성장과 부도의 원리가 무척이나 간단하다는 것을 이제 와 깨닫습니다.

한국이 세계의 조선업을 선도하던 시절엔 물량이 넘쳐 인근의 조선소는 급하게 논밭을 임대해 조선제품을 생산하고 조립하곤 했습니다. 인력이 부족해 농촌에서 일손을 구했고 성과금과 보너스도 수백 %를 지급했습니다. 하루가 다르게 상업지대가 늘었고 새로 생긴 술집과 음식점의 간판은 불야성을 이뤘습니다. 신문에선 '거제도에선 개도 만 원짜리 지폐를 물고 달린다.'는 다소 과장 섞인 보도를 하곤 했습니다. 호황 시절과 지금의 거제도 상황이 교차하면 가끔 멍하니 쓴웃음을 짓곤 합니다.

'이것도 곧 지나가리라.'

고난의 터널을 걸어가고 있는 이들에게 한줌 위안이 되는 문구입니다. 나 역시 어려울 때면 고향 들녘에 따사롭게 찾아오던 봄바람을 연상하며 이 문구를 되뇌곤 합니다. 시와 노랫말로도 꽤 인용되고 있는 이 문구의 역사는 사실 꽤 깁니다. 이탈리아 밀란 대성당의 초입엔 커다란 3개의 문이 있습니다. 첫 번째 대문엔 "기쁜 일도 순간입니다."라는 문구가 있고 다음 대문엔 "곡절도 순간입니다."라는 문구가 있습니다. 중앙의 대문에 비로소 "영원이 중요합니다."라는 문구가 박혀있습니다.

사실 이 문구는 유대의 왕 다윗의 전설에서 유래합니다. 통일왕국 이스라엘을 수립했지만 다윗의 치세는 순탄하지 않았습니다. 다윗은 반지 세공인에게 명령합니다.

"반지에 문구를 새기되, 내가 승전으로 기뻐할 때 자중할 수 있고, 패배로 절망에 빠졌을 때도 나를 세울 수 있는 문구를 새겨야 한다."

왕에게 바친 문구는 여러 번 퇴짜를 맞습니다. 결국 왕이 흡족해하며 선택한 문구는 다음과 같습니다.

"이것 또한 지나가리라(Soon it shall also come to pass)."

좋은 문구가 없어 하얗게 질려버린 세공인에게 다윗의 아들 솔로몬이 세공인에게 귀띔해준 것입니다. 거제엔 지금 거센 태풍이 몰아치고 있습니다. 지금은 이 바람이 지나가길 기다리며 굵은 신심의 기둥 하나를 잡고 버텨야 할 때인지도 모릅니다. 때로는 버티며 그 자리에 남는 것이 가장 현명한 묘수가 되기도 합니다. 다행히 선박 수주가 조금씩 늘어가는 징표가 보입니다. 어서 빨리 일감이

들어와 회사 식구들이 땀 흘리고 웃으며 석양을 바라보는 날이 오길 고대할 뿐입니다. 영원한 태풍은 없습니다. 이 것 또한 지나가겠지요.

삼성에서
살아남기

　얼마 전 직장인을 대상으로 한 설문조사가 눈길을 끕니
다. "당신이 신입사원 시절 가장 많이 저지른 실수는 무엇
인가?"입니다. 지시와 다른 업무진행이 가장 많았고 그다
음이 기본적인 근태관리와 예절에 대한 것이었습니다. 세
번째는 상사 뒷담화를 하다 걸렸을 때였습니다. 이 통계를
보니 내가 삼성에서 근무할 때 범했던 치명적 실수와 동료
들이 생각나 빙그레 웃음이 나더군요. 유례없는 취업난의
영향으로 요즘 한국 젊은이의 1순위 선호 직장은 공무원,
교사, 의사, 한의사로 집중됩니다. 삼성, SK, LG, 현대와

같은 글로벌기업 구직희망자도 여전히 많지만 정년이 보장되지 않고 강한 조직의 룰을 요구하므로 이 같은 대기업보다는 안정적인 직업을 선호합니다.

미국이나 중국과는 사뭇 다릅니다. 미국 젊은이들의 선호 직장은 구글, 애플, 아마존 등의 IT기반 기업들이고 중국 젊은이들 역시 IT사업과 CEO의 꿈을 키우고 있습니다. 우리 젊은이에게 밥벌이 직업을 구체적으로 묻자 놀랍게도 다수의 젊은이가 '주택임대업'을 꼽았습니다. 한번 세입자는 영원한 세입자고, 가장 큰 초과이익은 역시 '부동산 불패'라는 신화를 젊은이들도 꿈꾸는 것일까요. 취업난과 사회 양극화는 이렇게 젊은이들의 꿈마저 잠식하고 있습니다. 그들을 탓할 수 없습니다. 한국사회의 현실을 정확하게 반영한 결과일 따름입니다.

나는 삼성에 경력특채 사원으로 입사해 28년을 근무하고 퇴사했습니다.

다 아는 이야기지만, 직상생활도 경쟁의 룰에서 자유롭지 못합니다. 기업은 생산성을 극대화하기 위해 각종 인사평가와 성과급제, 다면 평가제도를 도입합니다. 특히 삼성은 조직내부의 경쟁이 치열한 곳입니다. 삼성의 기업문화에 대해선 여러 가지 평가가 가능하겠지만, 나는 내 경험을 토대로 젊은이들에게 직장생활에 대한 몇 가지 팁을 주고자 합니다.

직장생활의 기본은 인사성입니다. 상사와 동료를 보면 언제 어느 곳이라도 인사해야 합니다. 당연하고 별것 아닌 일처럼 보이지만 어느 정도 회사생활에 익숙해지고 잡무가 밀려들면 그렇게 꼭 쉬운 일만은 아닙니다. 늘 기세 있고 기분 좋게 인사하는 청년과 늘 수심이 가득해 형식적으로 꾸벅하는 청년이 있다면 여러분은 이들 중 누구와 함께 회의하고 출장을 가고 싶습니까? 조직문화 역시 인간사를 반영할 따름입니다. 직장 내 분위기를 진취적으로 만들고 활달한 에너지를 불어넣는 사람을 임원들은 자기 부서에서 빠져선 안 될 인물이라고 생각하기 마련입니다.

둘째는 근태勤怠입니다. 근태란 출근과 결근을 아우르는 말이기도 하고, 부지런함과 태만함을 칭하는 의미이기도 합니다. 남보다 먼저 출근하고, 남보다 늦게 퇴근하십시오. 물론 최근 LG 등의 기업에선 회의시간을 단축하고 퇴근 후 일정 시간이 되면 컴퓨터를 모두 아웃시킨다고도 합

우리 꽃길만 걷자

니다. 글로벌 IT기업에선 페이퍼 보고가 사라지고 있습니다. 프리젠테이션을 한 장짜리 종이로 하라고 지시하는 혁신적인 문화도 도입되고 있죠. 이 역시 근무효율과 생산성을 위한 조치입니다.

늘 준비된 복장으로 아침에 부서원을 맞는 사원과 일주일에 한 번씩은 지각하거나 허겁지겁 뛰어오는 사원에 대한 평가는 안 봐도 뻔합니다. 근태는 눈에 보이는 것이고, 반박할 수 없는 데이터로 남습니다. 곧 회사에 대한 충성도로 인식됩니다. 동료는 일이 남아 뻘뻘 땀 흘리며 남아 있는데 자신의 일이 끝났다고 먼저 퇴근하면 의리 없는 이로 눈 밖에 날 수 있습니다. 특히 부서에 문제가 생겼을 때 이런 행동을 하면 낙인찍히게 됩니다.

셋째, 보고와 집행규율입니다. 모든 조직사회는 회의결정과 지휘권자의 결정을 중심으로 움직입니다. 결정에는 반드시 그 의도가 있고, 그 의도를 구현하는 양상과 집행마감 시한이 있습니다. 또한 앞서 신입사원이 많이 저지르는 실수, 즉 엉뚱한 일처리에 대한 것입니다. 자신이 온전히 이해될 때까지 묻고, 업무 추진과정에선 끊임없이 보고해야 합니다. 자신의 동선은 물론이고 업무과정에서 발생한 난관, 협력업체와의 면담내용 등 회사업무내용 전체가 포함됩니다. 이를 직관적으로 인식할 수 있도록 보고해야 지시한 직장상사와 궁극의 궁합을 가질 수 있겠죠. 물론 최악은 어물쩍 넘어가는 것입니다. 정해진 시한까지 업무처리를 하는 것이 우선이지만, 만일 이를 못 지킬 것 같으면 사전에 보고해야 합니다. 그럴 때 지휘권자는 다른 대책을 수립할 수 있습니다. 일단 업무지시가 떨어지면 불평이나 군소리 없이 제때 종료하는 습관을 지녀야 합니다. 당연히 일이 손에 익지 않으니 처음에는 힘들겠죠. 하지만 처음부터 "어려워서 못 하겠다"고 하는 것과 "열심히 할 테니 배려해 주십시오."라고 하는 것은 전혀 다릅니다.

넷째, 결국은 실적입니다. 회사마다 꼭 짜인 프로세스가 있고, 각자에게 맡겨진 업무분장이 있습니다. 구성원 중에는 프로세스를 순항시키며 동료의 미진한 업무처리까지 몸을 던져 처리하는 사람이 있고, 자신에게 맡겨진 업무도 처리하지 못해 부서의 업무진척 프로세스를 지연시키는 사람이 있습니다. 이는 철저히 인사고과에 반영될 수밖에 없습니다. 예전엔 직장 상사들 사이에 이런 농담이 있었습니다.

"일은 좀 어수룩해도 인간성 좋은 녀석이랑 일할래? 성격은 까칠해도 일은 확실한 녀석이랑 일할래?"

물론 대인관계도 잘 맺고 일도 잘하는 직원을 선호하겠지요. 이는 부하직원의 입장에서도 마찬가지일 겁니다. 이런 업무실적에 직원들의 경조사에 함께 기뻐하고 슬퍼한다면 더할 나위 없을 것입니다. 이를 지켜야 할 규율이나 규칙으로만 생각한다면 직상생활은 거대한 스트레스와 압박으로 다가옵니다. 하지만 동료에 대한 구체적인 애정을 토대로 자기 삶의 중요한 과정이라는 확고한 관점을 가지면 직장생활은 다르게 보이기 시작합니다.

결국 현대의 사람에게 직장이란 인생의 거대한 부분이라는 것을 부인할 수 없습니다. 타인을 의식한 경쟁이 아닌, 자기 자신과의 숭고한 약속을 지키며 얻는 성취감을 직장생활의 토대로 만드는 건 어떨까요? 즉, 자기 자신과의 약속과 경쟁 말입니다.

화무십일홍
花無十日紅

　삼성중공업에서 근무하던 시절 이야기입니다. 고급 간부 중 한 명은 늘 기상천외한 지시와 불평을 해서 회사에서도 아주 유명했습니다. 나 역시 그를 피할 수 없었습니다. 하루는 참다못해 직접 그 간부의 책상 앞으로 가서 고함을 치면서 따진 적이 있었습니다. 그때 소리를 지르며 여러 가지 부당함에 일침을 놓는데, 지금도 기억나는 말이 있습니다.

　"○○님, 일 그렇게 하시면 안 됩니다. 평생 그 자리에 있

　　　　　　　　　　우리 꽃길만 걷자

을 줄 아십니까!"

　돌아보면 무척이나 저돌적인 돌직구였습니다. 아니나 다를까, 얼마 후 그는 옷을 벗게 되었습니다. 나의 경고가 얼마 안 가 현실이 되니 기분이 묘하더군요. 송별식장에서 그는 나를 껴안으며 사과했습니다. 하지만 늘 당해왔던 나로서는 화가 가라앉지 않아 한동안 씩씩댔습니다. 그는 이후 중소기업에 입사해 몇 년 근무하다 조선업이 침체에 접어들자 집에서 쉬고 있다는 이야기를 들었습니다. 거제 조선업계는 두세 사람 거치면 모두 아는 사람입니다. 생각해보면 삼성에서 악명 높았던 그를 다른 기업에서 모셔갈 리 없습니다. 결혼을 앞둔 딸 상견례 자리에 나갔더니 평생 원수로 여겨왔던 그 사람이 시아버지 될 사람이라 결국 혼사가 깨졌다는 소식도 듣습니다. 착하게 살고 볼 일입니다.

　권불십년 화무십일홍權不十年 花無十日紅이라고 하지요. 대단한 권력도 10년을 넘기기 어렵고, 아름다운 붉은 꽃도 10일을 넘기기 어렵다는 뜻입니다. 하루가 멀다고 터져 나오는 갑질 뉴스에 숨이 막힐 지경입니다. 저명한 기업인이 운전기사에게 가하는 폭언과 폭행이 그대로 언론에 공개되고, 권좌에 앉았던 이들의 민낯이 남김없이 보도되는 세상입니다. 권력의 맛이 얼마나 달콤한지 정말 취한다는 표현이 적절한 것 같습니다. 만나는 이들마다 허리를 숙여 인사하고 임금님 수준의 의전은 물론, 명절이 되면 문전성시를 이룬 이들을 보며 수년을 살다보니 세상 두려울 것이 없었겠죠. 광역단체장 비서와 국회의원 보좌관을 했던 이들의 체험담이 흥미롭습니다. 처음엔 국민의 충복으로 교만치 말고 정진해야겠다고 마음먹지만, 어느새 주변 사람들이 자신에게까지 극도의 의전을 다하는 것을 보며 자연스레 목에 힘이 들어가더라는 겁니다. 민원인과 청탁인, 언론사 기자들이 권력자인 국회의원과 만나기 위해 자신에게 줄을 서는 것이 자연스러웠지요. 시간이 흘러 나중 국회를 나올 때야 비로소 자신이 국회의원이 아니라는 '당연한 진실(!)'을 깨닫는다는 이야기입니다. 과장이 아닙니다. 예전엔 지주보다 마름의 행세가 더 지독했다고 하니까요.

갑이 을이 되고, 을이 갑이 될 수 있는 세상입니다. 언제 어느 자리에 있더라도 인간에 대한 존중과 품위를 잃지

우리 꽃길만 걷자

말아야겠다고 생각합니다. 인생은 모를 일입니다. 사람이 나이 들면 지난날 자신의 천박했던 처신을 후회하듯, 당장의 이익과 관련 없이 사람 그 자체를 귀하게 대해야겠습니다. 나는 우리 회사건물의 청소하는 분께도 항상 인사를 나누며 생활합니다. 마음에 칼집을 내는 독한 말을 피하고 되도록 완곡하고 따뜻하게 말하는 습성을 길러야 합니다.

역지사지易地思之란 말은 상대 처지를 헤아린다는 뜻으로 널리 쓰이고 있지만, 그 본래 내용은 약간 다릅니다. 역지사지는 맹자가 우禹 임금과 후직后稷에 대해 논한 데서 유래합니다. 우 임금은 물에 빠지는 이가 있으면 자신이 치수治水를 잘 못해서 발생한 일이라 생각했고 후직은 굶주린 자가 있으면 자신의 정치로 그가 굶주렸다고 여겼다는데 이를 맹자는 역지사지라고 이릅니다.

이렇듯 역지사지의 본뜻은 오히려 폭넓은 자기성찰을 뜻합니다. 작은 일에 분노하는 우리에겐 다소 가혹한 요구일까요? 그러나 배려와 성찰은 남을 위한 것만은 아닙니다. 삶의 여유와 풍만한 감성은 결국 어떤 방식으로든 자신에게 행복과 기회로 찾아옵니다. 살아가며 사람에 대해 돌아보고 반성하는 습관은 늘 우리 영혼을 재충전할 수 있는 기회를 줍니다.

우리 꽃길만 걷자

작가의
영혼, 책

　무척이나 더웠던 작년 여름 성당 레지오 단원 부부들과 양산에 있는 언양으로 피정을 갔습니다. 거가대교를 앞두고 휴게소에 들렀는데 한 노신사가 휴게소 벤치 그늘에 앉아 책을 읽고 있더군요. 다시 버스가 언양 시내에 진입하니 작은 상점에 앉아 한 여성이 독서에 흠뻑 빠져있는 모습이 보입니다. 그 정경이 얼마나 아름답게 보이던지요. 누구든 책에 빠져 있는 모습은 아름답습니다. 번잡한 일상 속에서도 흥미로운 이야기와 시가 선사하는 아름다운 서정과 인문학의 지혜와 함께 숨 쉬는 이의 눈빛은 더욱 깊을 것입니다.

버스나 지하철을 탈 때는 물론, 잠깐 대화의 짬에도 사람들은 스마트 폰에 빠져있습니다. 밤길 골목에서도 스마트 폰에서 눈을 떼지 못하는 이들 천지라 운전히다 골목으로 회전할 때면 잔뜩 긴장하게 됩니다. 물론 스마트 폰으로만 접할 수 있는 알찬 정보도 많습니다. 그러나 동영상과 이미지는 강력한 기억을 남기지만 사람의 신경을 압도해버립니다. 약간 느려도 사람은 책을 읽을 때 더 큰 생각의 공간을 가질 수 있습니다. 책의 활자가 생각이라는 '추상의 작업'을 통해 축적된 이 거대한 지혜의 공간은, 영상과 이미지로 기억했던 그 직관적인 인상과는 다른 힘을 선사합니다.

나 역시 처음부터 책을 좋아했던 것은 아닙니다. 결혼 초기 아내가 책을 읽는 것을 보고 속으론 '돈 벌 궁리나 하지, 책에서 무슨 돈이 나오나 밥이 나오나' 하고 생각한 것도 사실입니다. 강해지기 위해, 유능해지기 위해 영어책과 발음에는 많은 시간을 들였지만 책은 영 기질에 맞지 않았습니다. 그러다 일본의 신칸센新幹線 고속열차 안에서

우리 꽃길만 걷자

본 사람들의 모습은 인상적이었습니다. 어른 아이 할 것 없이 책에 빠져 있더군요. 그때도 사실 저 책을 읽어 지식이 쌓일까 하는 생각을 했습니다. 그러던 어느 날 『저구마을 아침편지』라는 책을 접하게 되었습니다. 내가 살던 곳과 가까운 거제도 저구마을에 사는 이진우 시인이 쓴 에세이였습니다. 시인은 서울에 살다 저구마을로 이사한 뒤 겪은 이야기를 따뜻하게 풀어냈습니다. 사랑과 행복의 근원을 묻는 이 에세이는 아름다운 표현으로 가득 차 있습니다. 굳이 의식하지 않고서도 순식간에 마지막 장까지 손이 갔습니다. 이 책은 지금은 절판이 되었는데, 중앙일보에 연재된 것을 작가 블로그에 모두 올려놓았으니 누구든 볼 수 있습니다. 이 『저구마을 아침편지』가 나의 일상적 독서의 첫걸음인 셈입니다.

　독서 초심자일수록 쉽고 편하게 접근할 수 있는 책이 좋습니다. 베스트셀러라고 무턱대고 마이클 샌델의 『정의란 무엇인가』, 무라카미 하루키의 『노르웨이 숲』과 같은 번역서를 집어 들었다간 그 끝없는 지루함에 독서의 흥미를 잃어버리는 사람도 꽤 있습니다. 나의 독서 초년 시절 역시 순탄하지 않았습니다. 온라인 서점에서 책 제목과 서평만을 보고 샀다가 실망한 적이 한두 번이 아닙니다. 그러니 우선 인터넷으로 알아보고 서점에 가서 약간이라도 읽어 볼 것을 권합니다.

책 읽는 생활에 도움이 되는 몇 가지 팁이 있습니다. 베스트셀러의 상당수는 방송 매체의 힘이나 중견 이상의 구력이 붙은 작가의 명성으로 인한 것입니다. 한국은 물론 아시아에서 열풍을 몰았던 드라마 〈별에서 온 그대〉에서 소개된 책인 『에드워드 툴레인의 신기한 여행』이 그러한데, 이 책은 국내에 2009년에 나왔지만 정작 흥행한 것은 드라마 이후입니다. 이 책의 작가는 동화작가나 그림책 작가들 사이에서 꽤 잘 알려진 작가입니다. 한국인 최초로 맨부커 상을 받은 소설가 한강의 『채식주의자』 역시 수상 이후에야 불티나게 팔려나갔습니다. 책에도 궁합이 있는 듯합니다. 개인적으론 일본 작가의 책이 잘 안 읽혀 서재 구석에 모셔놓고만 있습니다.

물론 매체에서 소개되는 책들은 대부분 양서입니다. 다만 이런 독서생활을 반복하면 자신이 주도하는 계통성 있는 독서와는 거리가 멀어집니다. 몇 년이 지나 책장엔 책이 제법 채워지지만, 책들은 그저 당대 인기 서적만이 가득합니다. 그 어느 것 하나 심취해본 적이 없는 '맛보기식 독서'의 정형입니다. 처음에는 추천을 받되, 이후에는 작가 내지는 분야 분류를 통해 자신이 좋아하거나 배워야 하는 분야를 하나씩 넓혀가는 것이 좋습니다. 대개는 특정 작가의 문풍과 철학에 매료되면 다음 작품 역시 실망할 확률이 적습니다.

'이어달리기식' 연관 독서도 꽤 좋은 방법입니다. 가령 제레드 다이아몬드의 『총, 균, 쇠』를 읽다 연금술에 관심이 생겼다면, 휴 앨더시 윌리엄스의 『원소의 세계사』로 넘어가는 식입니다. 『이기적 유전자』를 보고 인류 본질에 대한 의심이 생겼다면 『이타적 유전자』, 『인류의 기원』으로 옮겨가는 방식이죠. 영화를 보다 생긴 호기심이 독서로 이어져도 좋습니다. 영화 〈암살〉을 보다 '의열단'이나 '약산 김원봉'에 대한 관심이 생겼다면 『한국의 레지스탕스』나 『1923 경성을 뒤흔든 사람들』을 챙겨봅니다. 여기서 한 걸음 더 나가면 조선의 독립운동사로 확장할 수 있습니다. 한비야의 『지구 밖으로 행군하라』류의 책이 좋다면, 베르나르 올리비에의 『떠나든, 머물든』이라는 책을 보면 후회

하지 않습니다. 인생의 일탈과 여행을 기획한다면 『일생에 한 번은 체 게바라처럼』을 읽으면 생에 대한 새로운 관점을 얻을 수 있습니다.

요즘은 대부분의 온라인 서점에선 연관 서적 추천을 하고 목차까지 공개하니 대충의 가늠은 가능합니다. 인근의 도서관을 이용하는 것도 좋은 방법입니다. 자신의 거주지 도서관에 회원가입을 하면 인근의 도서관은 모두 이용할 수 있고 대출기관도 보름 정도입니다. 도서관의 서적 분류는 꽤 잘되어 있습니다. 한눈에 동일 소재에 대한 여러 작가의 서적을 확인할 수 있는 장점이 있습니다.

화장실에는 늘 책 한두 권 정도를 비치할 수 있는 공간을 마련하고, 매우 인상적인 대목은 과감하게 밑줄을 긋습니다. 책의 한 구절 한 구절을 마련하기 위해 1년, 혹은 몇 년간 쏟아부었던 작가의 영혼과 만나는 순간입니다. 한 달에 한 번 정도는 이렇게 읽은 책의 좋은 대목을 노트에 정리하면 좋습니다. 취향에 따라선 이때 펜글씨 연습을 아울러 하면 자신만의 멋진 서체를 만들 수 있습니다. 세월이 흘러도 이 노트만 있으면 다시 기억이 소환되니,

우리 꽃길만 걷자

마음에 든 책은 여러 번 읽게 됩니다.

　최근 출간된 『1천 권 독서법』의 저자 전안나 작가와 인연을 맺었습니다. 그는 책 천 권을 읽고 필사해서 가보로 가지고 있다는데 저는 참 이것이 탐이 납니다. 전 작가는 이제 2천 권에 도전하고 있습니다. 이 책엔 이런 내용이 있습니다.

　"남편은 책을 좋아하지 않는다. 내가 거실에서 책을 읽고 있으면 스윽 보고는 방으로 들어가 버린다. 아무리 재미있는 책을 추천해줘도 시큰둥하다. 그런데 지금은 남편의 독서량이 0권에서 3권으로, 무에서 유를 창조했다."

　있는 사실을 그대로 묘사한 대목에서 웃음이 나왔습니다. 부부는 늘 이렇게 다릅니다. 세상살이와 신변잡기에만 집중하다 보면 나중엔 술도 대화도 재미없어집니다. 자신만의 경험과 고집으로 형성된, 누구나 다 아는 처세술을 강변하는 친구보다 늘 새롭고 엉뚱한 질문을 던지는, 엉뚱하지만 깊은 친구가 더 매력적이지 않나요? 밤하늘 별들이 유난히 촘촘한 날, 별자리 전설과 은하에 대한 이야기를 나눌 수 있는 사람은 어떤가요?

일생의
말실수

　내 나이 26살, 신입사원 시절이었습니다. 부서장이 몇
차례 성포 항에서 부산행 여객선표를 구입하고 오라고 시
켰습니다. 왕복 버스비도 주지 않고 회사업무도 아닌 사적
심부름을 시킨 것이죠. 신입사원이라 군소리 없이 버스를
두 번이나 갈아타고 다녀와야 했습니다. 부서장의 지시니
하긴 했지만 혈기왕성했던 시절이라 이해도 되지 않았고
불만은 쌓여갔습니다. 그러던 어느 날 근무시간에 책상에
앉아 옆 동료에게 툭 내뱉었습니다.

"아, ㅇㅇㅇ부장, 콩만 한 게 계속 심부름을 시키네."

　말이 끝나자마자 어느새 내 앞에서 스테이플러(호치키스)로 서류를 정리하는 부장님의 모습을 보았습니다. 죽었다 싶었죠. 부장님은 키가 작아서 서 있어도 앉아있는 것처럼 보였습니다. 앉아있어서 동료인 줄 알았던 사람이 바로 부장님이었습니다. 부장님은 못 들은 척 자신의 자리로 돌아갔습니다. 하늘을 왜 노랗다고 하는지, 순식간에 식은땀이 어떻게 줄줄 흐르는지 알 수 있었습니다. 입사한 지 얼마 안 되는, 무려 신입사원이 부서장 코앞에서 폭언을 날렸습니다. 그 후로도 부장님은 내색하지 않았습니다. 나는 부장님이 부르면 자대배치 받은 신병이 복창하듯 달려갔고, 각 잡힌 상태로 몇 개월을 긴장 속에 살아야 했습니다.

　만일 비슷한 상황, 내가 부장님의 입장이었다면 어떻게 했을까 생각해봤습니다. 아마 준엄하게 꾸짖었을지도 모릅니다. 사람이 자신에 대한 험담을 듣고 평정심을 유지하기란 쉽지 않습니다. 우연히 듣게 된 자신에 대한 모욕적인 이야기나 자신이 믿고 좋아했던 사람이 자신을 폄하하고 다녔다는 말을 다른 이에게 듣게 되면 그 상처는 생각보다 꽤 오래갑니다. 다음 날 그 사람이 웃는 얼굴로 반색하는 것도 위선과 가식으로 보이기 마련입니다.

부장님의 대처, 여기서 난 인생에 대해 한 수 배웠습니다. 상대도 뚜렷하게 인식하고 있는 잘못이라면, 때론 모른 척 넘어가 주는 것도 지혜입니다. 상사가 노발대발하며 '근본도 없는 놈'이라고 몰아붙일 수 있지만, 그럴 때 신입사원과의 관계는 치유할 수 없는 지경으로 치닫습니다. 나 역시 그 시절엔 돌도 씹어 먹는 의기충천의 기세였습니다. 오히려 진지하게 성찰할 수 있는 동기는 사라지고, 상사의 불호령에 그저 두려움과 상사에 대한 거부감만 지니게 될지도 모를 일입니다. 때론 모르는 척 넘어가는 것이 지혜롭습니다. 그 사건은 나에게도 교훈을 주었습니다. 나는 부서장을 할 때나 회사 대표일 때나 사적인 일을 직원에게 부탁하지 않으려 노력합니다. 꼭 필요한 일이면 회사 직원과 동행을 하곤 합니다.

타인에 대한 평가야 누구나 할 수 있습니다. 하지만 그것이 뜬소문이거나 근거도 없는 '무고'일 경우 성격이 달라

우리 꽃길만 걷자

집니다. 한 사람의 명예와 사회적 생명을 위협하는 일이며, 피해자는 상상하기도 힘든 고통 속에 살며 세상과 주변인을 저주하게 됩니다.

2008년에 개봉된 영화 〈다우트(Doubt)〉는 지금 보아도 여러 가지 생각을 하게 만드는 수작秀作입니다. 확증은 없지만, 덕망 높은 신부가 아동 성애자일 것이라는 의심을 키우는 원장 수녀와 이에 맞서 자신의 무고를 주장하는 신부가 나옵니다. 배역은 메릴 스트립과 호프먼이 맡았습니다. 물론 영화가 끝날 때까지 '확증'은 나오지 않고 '의혹'만을 보여줍니다. 이를 통해 영화는 '회의懷疑, 의심'의 여러 측면을 파고듭니다. 원장 수녀가 자신에 대해 집요하게 의혹을 제기하며 추문을 퍼드리자 신부는 그녀들이 들으라는 듯 미사 강론을 합니다.

"한 여인이 자신도 모르는 남자에 대해 친구와 험담했습니다. 그날 밤 그녀는 꿈을 꿨습니다. 하늘에서 커다란 손가락이 그녀를 가리켰습니다. 죄책감을 느낀 그녀는 다음 날 고해성사를 합니다. 그녀가 신부에게 묻습니다. '남에 대해 수군거리는 것이 죄인가요? 내가 죄를 지은 것인가요?,' '그렇습니다. 당신은 남에게 오명을 씌운 것입니다.

진심으로 반성하십시오.' 그녀는 잘못했다며 죄를 뉘우칩니다. 그러나 신부가 다시 말합니다. '그것으론 부족합니다. 자매님은 집으로 돌아가 베개를 들고 옥상으로 올라가 칼로 베개를 찢은 후 나에게 들고 오십시오.' 그녀는 신부가 하라는 대로 했습니다. 다음 날 다시 온 그녀에게 신부가 묻습니다.

'칼로 베개를 찢었습니까? 어떻게 되던가요?', '온 사방에 깃털이 날렸습니다.' 신부가 다시 말합니다. '그래요. 그럼 지금 다시 집으로 가 바람에 날려간 깃털을 모두 담아오십시오., ' '그건 불가능합니다. 깃털이 어디로 갔는지 모르겠습니다. 바람에 모두 날려갔어요.' 신부가 말합니다. '험담이 바로 그와 같습니다.'"

비록 영화의 극적 긴장을 높이기 위한 대사지만, 험담(무고)의 본질에 대한 강론은 상당한 설득력이 있습니다. "인간은 모임의 동질성을 얻기 위해 누군가를 선별해 배제시킨다."는 말이 있습니다. 우리네 직장문화를 보면 꼭 틀린 말이 아닙니다. 직장인의 스트레스 해소방법 중 '상사 뒷담화'가 빠진 적은 없죠. 상사 뒷담화를 할 때, 직장인들은 단결(?)하는 것 같습니다.

여러 회사를 거쳐 한 중소기업 경력사원으로 취직한 이의 경험을 소개할까 합니다. 어학 실력이 출중하고 해외 계약 경험도 많아 스카우트 제의를 받던 그는 늘 회사를 옮겨 다녔습니다. 회사생활이란 결국 돈을 벌기 위한 것이라는 뚜렷한 소신을 가졌기에 연봉협상에 따른 이직은 어려운 일이 아니었습니다. 그런 그가 연봉도 높지 않고 잘 나가는 대기업도 아닌데 한 중소기업에 8년을 남아 일하고 있으니 주변에선 이해할 수 없다는 반응이었습니다. 어느 날 친구들이 모인 자리에서 그가 말합니다.

　　"내가 이 회사에 남은 이유는 사실 별게 아닌데……, 우리 회사 사람이 직장 동료나 상사에 대해 뒷담화 하는 걸 한 번도 본 적이 없어. 그게 무척 새롭더라고. 뒷담화가 없다는 건 사람들이 그만큼 투명하다는 거고 조직문화가 건강하다는 방증이겠지. 이 사람들을 신뢰할 수 있다는……."

　　조직인이 되면 자신도 모르게 비루한 조직문화에 길들기도 하죠. 옛날엔 이를 양봉음위陽奉陰違라고 했습니다. 보는 앞에선 떠받들고, 안 보이는 곳에서 다른 행동을 한

다는 뜻입니다. 밤에는 험담과 무고가 넘실대지만 아침이
면 밝은 낮으로 서로의 안부를 삶은 참으로 무섭습니다.
만일 이런 일이 나에게도 일어난다면 어찌해야 할까요. 일
단 한 걸음 물러서서 심호흡하며 평온을 찾기 위해 노력
해야 합니다. 물론 이런 일 없이 더불어 사는 이들을 있는
그대로 신뢰할 수 있다는 건 분명 큰 행복입니다.

우리 꽃길만 걷자

없어지지
않을
직업들

　작년 봄 이세돌과 AI 알파고의 대국이 화제였습니다. 대국 전부터 예측이 무성했습니다. 인공지능의 학습능력이 아무리 뛰어나도 게임 중 가장 경우의 수가 많다는 바둑에서 인류를 이기지는 못할 것이라는 주장도 있었지만 대국은 결국 4:1, 알파고가 압도했죠. 하지만 인공지능을 연구하던 전문가들의 추측은 달랐습니다. 0:5로 알파고의 전승을 예상했죠. 오히려 1국을 내준 것이 알파고답지 않다는 것이 그들의 대체적인 분위기였습니다. 덕분에 인공지능에 대한 관심은 더욱 높아졌습니다. 철학자들은 AI의

출현으로 '인간다움'에 대한 정의는 더욱 복잡해졌다고 합니다. AI는 학습기능으로, 스스로 독립적인 캐릭터와 정체성을 구축할 수 있으며 인간 이상의 대화와 공감 능력을 가질 것으로 전망합니다.

  IT를 기반으로 한 4차 산업혁명이 가져올 미래에 대한 전망도 엇갈립니다. 인간의 일자리를 기계가 대체할 것이고 이로 인해 세계는 만성적인 실업에 시달릴 것이며 최상위 초계급만이 살아남을 것이라는 전망입니다. 물론 이와 정반대의 의견 또한 있습니다. 4차 산업혁명으로 초과이윤이 일시적으로 발생할 수 있지만, 일자리를 잃은 인간이 소비를 하지 않는 이상 4차 산업혁명이 지속할 수도, 자본도 생존할 수가 없다는 것입니다. 소비자가 없는 자본주의가 어떻게 존속할 수 있냐는 질문입니다. 소비, 그 자체를 위해 로봇 감독이나 공적 영역의 일자리가 더욱 확대될 것이며 노동시간의 단축과 복지 확대는 피할 수 없는 숙명이라는 주장이 바로 그것입니다.

  4차 산업혁명으로 없어질 직업들이 눈길을 끕니다. 고급기술이 필요 없는 생산직은 물론 텔레마케터, 운전기사,

부동산 중개업과 오프라인 소매상점이 가장 빨리 없어질 것이라고 합니다. 모두 AI나 IT 프로그램이 더 잘할 수 있는 영역입니다. 판사, 법무사, 회계사, 의료정보 영역도 죄다 대체될 것이라는 전망입니다. 몇 가지 간단한 검사와 증상만으로 컴퓨터는 인간에게 더욱 풍부하고 정확한 데이터를 제공합니다. 팩트에 기반을 둔 스트레이트 기사를 쓰는 기자도 더 이상 필요 없게 됩니다. 종이신문은 물론 인터넷 언론사도 사라질 것입니다. 기업들은 SNS 기반 1인 통신사나 페이스북에 광고할 것입니다.

얼마 전엔 AI가 중견 작가 수준의 흥미로운 소설을 생산해서 주목받았습니다. 수백만 개의 직군은 사라질 것이고 80% 이상이 IT 관련 업종이 되리라는 것이죠. 대표적으로 소형무인기 프로그래밍과 조정, 전기 및 보안설비 분야, 사물인터넷 기반 직군 등이 부상할 것입니다. 현재 인터넷 기반 직군에서 필수공정인 프로그래밍과 코딩, 웹 디자인 영역은 무척이나 쉽게 대체될 것입니다. 통·번역사나 외국어 기능은 나중 별게 아닌 게 됩니다.

오히려 우리들의 눈길을 끄는 것은 4차 산업혁명 뒤에도 없어지지 않을 직업들입니다. 오직 인간만이 할 수 있고, 인간의 정체성과 약점을 보호해 줄 직업들입니다. 우선 종교인과 심리치료사, 철학자와 명상 지도자들입니다. 모든 종교의 테마는 성찰과 영적 구원입니다. 그 누구도 컴퓨터에게 고해성사하지 않을 것이며, AI의 강론을 듣지 않을 것입니다. 물질문명의 극단화에 인간은 존재와 삶의 이유를 물을 것이고 평온을 위해 명상과 심리치료사가 더욱 많아질 테죠. 영화감독과 배우, 모델도 없어지지 않을 것입니다. 프로그램은 복제품을 엮어 치장할 순 있지만 인류 영혼을 움직이는 세밀한 연출과 감정을 만들어낼 순 없을 것입니다. 노동시간의 단축으로 예술 영역과 건강을 지키는 트레이너, 세균과 감염, DNA를 다루는 의학 영역은 오히려 강화될 것입니다.

수학과 빅데이터, 기초과학과 우주과학 영역에 뛰어드는 사람도 많아집니다. 대체자원과 관련한 에너지 영역에 요구는 인류 생존에 대한 것이라 더욱 중요해지고 있습니다. 농담이긴 하지만 모든 변호사와 판사, 법무사가 사라져도 끝까지 살아남을 직업은 국회의원이라고 합니다. 왜냐면 이들이 자신의 직업을 법으로 보장할 것이기 때문이라나요. 하지만 실제로 자본의 극단적인 성장과 독점화에 따른 경제의 황폐화, 인간존엄의 상실, 민주주의의 위기, 양극화 문제 등을 해결할 수 있는 영역은 정치입니다. 제동할 수 없는 자본을 제어할 수 있는 유일한 힘이죠. 오히려 4차 산업혁명 이후에 일자리와 분배문제 등을 해결하라는 요구는 거세질 것입니다. 왜냐면 당장 밥벌이를 상실한 거대한 실업계층이 발생할 테니까요. 자본은 특정인에게 집중될 수 있지만, 1인 1표라는 헌법이 보장한 국민권한만은 남아있을 테니까요. 기술과 자본에서 소외된 거대한 대중이 자신을 보호할 수 있는 유일한 방법은 아마 투표와 정치참여 외에는 없을 것입니다. 인류가 발명한 '민주주의' 전통이 진짜 힘을 발휘하게 될 것입니다. 인류학자들이 정치의 기능과 민주주의에 주목하는 이유이기도 합니다.

미래에도 인간의 품격과 존엄을 유지할 수 길은 과학기술이 아닌 인류의 의지에 달려 있습니다. 인간에 대한 관점에 따라 인류의 방향이 바뀔 것입니다. 문학예술은 인간을 인간답게 존속시키며 인간만의 아름다움을 견결히 수호할 것입니다. 철학은 인간의 본질과 정의에 대한 탐구를 지탱시켜줄 것입니다. 그렇기 때문에 나는 철학과 문학 예술만은 인류에게 남은 가장 훌륭한 자산이자 미래를 위한 디딤돌이라고 생각합니다. 유럽의 미술관과 박물관은 늘 시골의 5일장처럼 문전성시입니다. 문학작품을 읽고 이야기하는 그들의 지녁식사 문화도 부러울 때가 있습니다. 과거에도 그랬지만, 미래에는 영혼에 아름다운 선율을 선사해 '부인할 수 없는' 삶의 의미를 각성시키는 사람이 더욱 절실해지지 않을까요.

우리 꽃길만 걷자

아프니까
환자다

　2010년에 나온 『아프니까 청춘이다』라는 책이 있습니다. 서울대 김난도 교수가 청춘에게 보낸 위로와 채근의 메시지는 국내는 물론 중국의 젊은이들마저 매료시켰습니다. 이 책엔 대학생활과 직장, 꿈과 사랑에 대한 따뜻한 조언이 가득합니다. 이 책을 안 읽어본 사람은 있어도 '아프니까 청춘이다'라는 카피를 모르는 이는 없을 듯합니다.

　『아프니까 청춘이다』의 히트는 '88만 원 세대'의 좌절로 인한 것입니다. 외환위기 당시 구제금융만 끝나면 다시 봄

날이 올 것이라 믿었던 순진한 사람들이 있었습니다. 하지만 사회 양극화와 취업난, 명퇴와 정리해고의 물결은 멈추지 않았죠. 2007년 경제학자 우석훈은 『88만 원 세대』라는 책을 통해 당시 20대 비정규직 평균 월급이 88만 원이라며 젊은이들의 일상을 폭로(?)했습니다. 굳이 새로울 깃도 없는 청춘들의 삶이었지만, 그동안 기성세대들은 청년들의 삶에 얼마나 무관심하고 무지했던지, 이를 충격적으로 받아들였습니다.

88만 원 세대는 한국적 현상만은 아닙니다. 유럽에선 이들을 '700유로 세대'라고 하고 일본에선 '잃어버린 세대'라고 합니다. 사회경제학자들은 이들 계층을 프레카리아트 Precariat로 분류합니다.

불안정한(precarious)과 프롤레타리아트(proletariat)를 합성한 조어로 파견직 노동자, 파트타임 알바 등 언제든 실업할 수 있는 위험한 계층을 의미합니다. 일본인이 쓴 『살게 해줘』라는 책이 있습니다. 일본의 워킹푸어, 홈리스, 과로자살 등의 문제가 집약된 비정규직 젊은이들에 대한 보고서입니다. 사실 고시원 쪽방에서 몇 년을 컵밥으로 때우며 인생을 저당 잡히게 만든 건 청년들 그들 자신의 탓이 아니라 기성세대들이 만들어놓은 사회구조 탓입니다.

2010년부터 청춘콘서트라는 이름으로 정치인과 종교인, 작가들은 젊은이들과 대화해왔습니다. 시간이 조금 흐르자 청년들은 자신에게 아름다운 언어로 삶의 지혜와 고난에 대해 이야기했던 어른의 실체에 주목합니다. 아름다운 시어를 써가며 청춘의 감수성과 영원히 버리지 말아야 할 열정에 대한 이야기를 했던 강사가 22억 타워팰리스에 살며 강연료로만 수억을 챙긴다는 사실을 알게 되고, 청춘을 위로한답시고 북 콘서트에 나왔던 국회의원의 재산신고 내역을 보고 그저 벌린 입을 다물지 못합니다. 젊은이들은 이를 '청춘 팔이'라고 비꼽니다. 자신의 경험을 절대화하며 근면, 성실, 인내를 강조하는 어른을 '꼰대'라고 하는데, 이 '꼰대'보다 영악하고 지혜로운(?) 꼰대는 청춘의 고난에 공감하는 척만으로도 돈을 번다는 거죠.

이런 이유로 "아프니까 청춘이다"라는 말은 다른 말로 대체됩니다. "언제까지 아프라는 거냐," "왜 젊은이에게 계속 아프라는 거냐" "아프면 환자지 그게 왜 청춘이냐,"

"환자에겐 필요한 건 치료지 위로 따위가 아니다" 등. 그런 까닭에 앞서 말한 김난도 교수의 후속작, 『천 번을 흔들려야 어른이 된다』는 참 좋은 책이지만 제목 때문에라도 욕을 먹어야 했습니다.

　"지금도 흔들리다 죽을 지경인데 천 번이나 흔들리라니"

　물론 청년들의 농담입니다. 이 농담에는 한숨이 묻어있습니다. 기성세대의 문제일까요? 사실 이 질문 자체가 잘못되어 있습니다. 예리한 독자라면 눈치채셨겠지만, 우리나라 노인의 상대적 빈곤율은 OECD 최고수준입니다. 고장 난 경제시스템의 문제를 세대대결, 혹은 세대전쟁이라는 프레임으로 비약하는 것입니다. 물론 기성세대의 몫이 있습니다. 청년들이 자신의 꿈을 위해 적어도 일정 기간 수련하고 시간을 투자할 수 있는 사회적 시간을 배려하는 것입니다. 적어도 학자금 대출을 받아 빚투성이로 졸업하고 주거비를 마련하기 위해 파트타임으로 번 급여를 모두 쏟아붓지 않도록 하는 일, 즉 학업, 주거조건, 최저 생활임금에 대한 안전망을 만드는 일이겠지요.

　　　　　　　　　우리 꽃길만 걷자

'대졸 신입사원 모집'이라는 공고를 보며 이런 생각을 합니다. 우리 기업들은 왜 꼭 대학을 나와야 실력을 갖추었다고 생각하는지. 무슨 대학 출신이 중요한 것이 아니라 실제 그 사람의 역량을 검증하면 되는데 말입니다.

얼마 전 ○○석유화학은 대졸 공채신 입사원을 모집했습니다. 그런데 공채 탈락 통보를 받은 젊은이가 다음날 채용 담당자에게 뜻밖의 '문자'를 받습니다.

안녕하세요. ○○석유화학 채용담당자입니다.
서류전형 발표 후 다시 연락드리기 죄송한 마음도 있지만 귀한 시간 내어 ○○석유화학그룹에 지원해주신 분들께 감사인사는 드리는 것이 예의일 것 같아 연락드립니다.
불편하시다면 죄송합니다.

17년 하반기 대졸신입사원 공채 서류전형 결과 보고 드립니다.
총 4,611명께서 지원해주셨고, 이 중 760명이 인적성검사 대상자로 선정되었습니다.

지원자님께서 부족하고 모자라서가 아닙니다. 더 많은 분을 모시지 못하는 회사의 잘못입니다. 더욱 노력하여 많은 분을 모실 수 있는 좋은 회사로 성장하겠습니다.

그리고 지원자 분 모두가 원하시는 곳에 갈 수 있도록 기도하겠습니다.

다시 한번 소중한 시간을 금호석유화학그룹에 내어주신 점 진심으로 감사드립니다.

날씨가 많이 춥습니다. 건강관리 유의하시기 바랍니다.

〇〇석유화학 채용담당자 올림

탈락한 취준생이 이 글을 SNS에 올리면서 많은 젊은이들이 위로받았다고 합니다. 구직 경험자들이 그동안 받았던 탈락 통보문자는 주로 "귀하의 자질은 높게 평가되었지만 우리 회사와 지향이 맞지 않았다," "우수한 인재들이 많이 지원해 선발이 어려웠다" 그리고 어떠한 설명도 없이 그냥 "탈락하셨습니다." 등이었습니다. 정성과 진심이 느껴지는 위로의 메시지만으로 탈락자들이 '세상은 살 만하다'는 느낌을 받았다고 합니다.

하지만 정작 취업 준비생들이 원하는 '탈락 문자'는 따로 있었습니다. 많은 젊은이는 탈락해도 좋으니 왜 탈락했는지, 어떤 점을 보완해야 하는지를 알고 싶다고 합니다. 일 년에 100번 넘는 자기소개서를 쓰다 보니 어느덧 자소서는 '자소설'이 되었고 이젠 "자기 자신이 정말 어떤 사람인지도 모르겠다."고 울먹이는 청춘들은 당장의 금의환향이 아닌, 재도전할 수 있는 근거를 찾고 싶어 했습니다. 아마 좋은 사회는 실패해도 패자부활전을 할 수 있는 기회를 주는 사회겠지만, 그나마 살 만한 사회는 경쟁에서 탈락한 이에게 어떤 면에서 노력해야 하는지를 알려는 주는 사회겠지요. 적어도 청춘의 많은 세월을 바쳐 노력한 젊은이에게 "당신 잘못이 아니다"라는 메시지는 줄 수 있는 사회였으면 합니다.

〈복사꽃〉, 이종욱, 2008, 20호 (80cm x 45cm)

2부

타
인
과
의

거
리

나의
버킷 리스트

"그냥 침대에서 죽기를 바랐다면 떠나지 말았어야 했다."

프랑스인 베르나르 올리비에가 한 말입니다. 한국에도 꽤 알려진 그는 60세 이후의 삶 대부분을 길에서 보냈습니다. 그를 실크로드를 완주한 최초의 인류라고도 합니다.

기자 출신인 그가 은퇴 후 맞은 삶은 비참했습니다. 아내가 죽고 자녀들은 독립하며 사회에선 그를 아무런 쓸모없는 존재로 취급하죠. 그렇게 조용히 늙다 요양원 침상에서 떠나라고 말하는 듯했습니다. 그가 선택한 것은 '도

우리 꽃길만 걷자

보'였습니다. 한 번도 가보지 않은 이국땅과 험로를 무한정
걷는 것만으로 그에겐 매일이 새로운 도전이었습니다. 도
보여행을 마치면 그는 책을 냈습니다.

62세에 실크로드 12,000km를 걷고 난 후 『나는 걷는다
3부작'을 냈습니다. 그의 나이 70세에 쓴 『떠나든 머물든』
은 노인이 노인에게 보내는 독특한 메시지로 가득 차 있습
니다.

"'제3기'라고 불리는 이 시기는 인생 전체를 통틀어 가장 진
지한 사건이다. 이 시기를 긴 휴가와 혼동하는 일은 나로선 이
해할 수 없거니와, 심지어 마치 휴식처럼 간주한다면, 이는 큰
실수다. 당신이 회사를 떠나야 할 때, 사람들은 심지어 은퇴할
나이가 되기 전에도 당신을 출구 쪽으로 떠밀며, 그리고 '노
동의 가치' 따위의 뻔한 말로 찬양하며, 당신에게 샴페인을 권
하고 DVD플레이어 따위를 선물한다. 그것이 '충분히 누릴 자
격이 있는 휴식'이다. "늙은 일꾼이여, 이제 쉬시라. 당신은 그
럴 자격이 충분하다. 앞으로는 매일 매일이 일요일일 것이다."
허튼소리. 빈 시간을 메우는 데 충분히 공을 들이지 않는다
면, 첫 달 첫 날부터 목요일이건 일요일이건 날마다 흐리고 공

허하고 슬플 것이다."

    태양은 소멸하기 전 붉게 타오르는 모습이 가장 아름답다고 합니다. 황혼을 꺼져가는 빛으로 볼 것인가, 마지막 생의 힘을 다해 간절히 다오르는 찬린힘으로 맞이할 깃인가는 노년에 대한 각자의 관점에 달려있습니다. 62세의 베르나르 올리비에가 쓴 『나는 걷는다』 3부작은 세계를 열광시켰습니다. 기자 밥 먹으며 닦았던 내공과 동방에 대한 지식, 강렬한 문체 덕분이죠.

    그 후 10년이 지나 다시 소파에 몸을 파묻고 한가한 노년을 보내던 그가 다시 튀어 오릅니다. 72세에 다시 프랑스 리옹에서 터키 이스탄불까지 2,900km를 걷고 『나는 걷는다 끝』(2017)을 세상에 던집니다. 이번엔 애인과 함께 걷습니다. '끝'이라는 제목이 암시하듯 앞으로 더는 걷지 않겠다는 말로도 들립니다. 이 책이 사람을 감동시킨 이유는 바로 재도전이었기 때문입니다. 실패한 후의 재도전이 아니라, 이미 성공한 자가 다시 자신이 떠나야 할 이유를 만들어 불꽃처럼 다시 일어났기 때문입니다. 그가 한 말입니다.

"출발이 가장 어렵다고들 한다. 하지만 다시 출발하는 건 더욱 어렵다."

늙어 병드는 것과 병상 침대 위의 죽음은 분명 두려운 일입니다. 이것들이 진정 두려운 이유는 흘러간 생을 되돌릴 수 없기 때문입니다. 언젠가 반드시 해야지, 했던 것들, 그렇게 일주일이 가고 일 년이 가 어느덧 황혼에 접어들었을 때 젊은 시절의 꿈만으로 시간을 보내는 자신을 발견하기도 합니다. 사람이 죽음을 맞이하는 형태는 다양합니다. 늙어 병상에 누워 죽음을 맞이할 수도, 집안 아늑한 침대에서 그저 평소같이 호흡하다 자연사하는 행복을 누릴 수도, 아니면 먼 북미 대륙의 서부에서 할리데이비슨 바이크를 타다 길 위에서 객사할 수도 있습니다. 하지만 인생의 종착지는 자신이 꿈꾸었던 그 붉고 찬란하게 타오르는 곳의 한복판이었으면 합니다.

버킷 리스트(bucket list)라고 하지요. 죽기 전 자신이 반드시 해보고 싶은 것을 적어 놓은 소망목록입니다. 버킷 리스트의 어원이 재미있습니다. 중세 시절 교수형을 할 때 올가미를 목에 씌우고 양동이(bucket)위에 서게 한 다음 양

동이를 걷어찼다고 하죠. 이후 '킥 더 버킷(kick the bucket)'
이 죽음을 뜻하게 되었다고 합니다. 사람들의 버킷 리스트
엔 이국에서의 배낭여행과 뜨거운 사랑이 많을 것입니다.
젊은이들은 '사장 면전에 사표 던지고 나와 창업하기'도
있다 합니다.

　하지만 삶은 모순의 연속입니다. 이 버킷 리스트를 실현
하기 위해 돈을 벌고, 보험에 들고 자산을 쌓아놓기 위해
창업을 하기도 합니다. 버킷 리스트를 위해 돈을 벌다 끝
내 버킷 리스트를 머릿속에서 지워버리기도 합니다. 원래
는 삶을 유지할 수 있을 정도의 돈이 필요했지만, 목적을
잃으면 결국 죽어 병상에 실려 갈 때까지 자산 증식에 목
을 맵니다.

　올해 허겁지겁 자서전을 출간하고, 부족한 글로 다시 에
세이집을 내는 것 또한 나의 버킷 리스트 중 하나입니다.
더 늙고 생각이 둔해지기 전 하고 싶은 것이었습니다. 내
삶과 사유가 활자화 된 책에 담긴다는 것 자체가 가슴 뛰
는 일이었습니다. 지금은 조선업 불황으로 너무나 힘든 겨
울을 보내고 있지만, 그렇다고 나의 버킷 리스트를 잊은

건 아닙니다.

베르나르 올리비에가 길을 떠난 이유를 읽으면 늘 가슴이 뜁니다.

"마지막 순간이 오기 전, 나는 다시 튀어 오르고 싶다. 사람들이 턱을 바르르 떨면서 말하는 '나이'를 먹어감에 따라 늙어서 쇠약해지다가 죽음으로 이어진다. 내게도 그 순간들이 다가오고 있다. 나는 노인들이 하나둘 가입하는 클럽에 들어가기 전, 다시 한 번 내 젊음을 누리고 싶었다. 아직 다리도 튼튼하고, 눈도 밝다는 것을 내 자신에게 증명해 보이고 싶었다."

죽기 전에 튀어 올라 '나의 젊음'을 누리고 싶었다. 예순이 넘었을 때 그는 '젊음을 누리고 싶었다' 라고 했습니다. 얼마나 멋진 생각입니까. 나 또한 죽기 전에 한 번 멋지게 튀어 오르고자 합니다.

임종당부

　대문호大文豪 셰익스피어가 아내에게 남긴 유언장을 놓고
말들이 많았습니다. 「로미오와 줄리엣」, 「오셀로」 등 세기
의 러브스토리를 썼고, 동화 속에서나 나올 법한 아름다
운 가정집을 꾸렸던 천하의 셰익스피어입니다. 세간의 시
선과 상관없이 8살이나 연상이었던 여인과 결혼했던 낭만
파 셰익스피어의 유언장엔 다만 이렇게 쓰여 있었습니다.

"두 번째로 좋은 침대를 아내에게 줄 것"

　　　　　　　　　　　　　　　우리 꽃길만 걷자

발견된 유언장이 진본일 리가 없다는 주장에서부터 셰익스피어의 숨겨진 이중성이라는 주장까지 나온 게 당연합니다. 평생을 함께한 아내에게 고작 침대, 그것도 두 번째로 좋은 침대를 남기다니요.

세상에 수많은 학자가 있지만, 이런 옛 유언장을 수집하고 분석하는 역사학자도 있습니다. 셰익스피어의 유언장을 본 그의 해석은 좀 달랐습니다. 당시 17세기 유산배분의 풍속에 따르면 그다지 놀라운 일이 아니라는 거죠. 신앙이 독실했던 유럽에선 토지와 건물은 성당이나 주교, 교황에게 남기는 일이 많았습니다. 죽는 마당에 현세에 투자할 것이 아니라 사후세계를 관장하는 신에게 의탁한 것이지요. 또는 재산관리에 능한 회계사에게 맡겨 남은 가족의 안위를 도모했고, 여성의 경우 집안의 잡동사니는 하녀들에게 주기도 했습니다. 무엇보다 친구에 대한 배려가 각별했습니다. 일생을 함께한 벗에게 유산을 남기는 것은 당연했고, 특히 경제력이 없는 벗에게 일부 유산을 주는 것이 당대 귀족 남자들의 일반적 문화였다는 겁니다. 셰익스피어의 다른 '유산지급 유언서'가 발견되지 않는 이상 단언하기 어렵다는 겁니다.

하지만 이 역시 추정일 뿐, 오늘날에도 여전히 셰익스피어의 진심은 밝혀내지 못하고 있습니다. 진위와 상관없이 셰익스피어의 아내 앤 해서웨이는 남편에게 사랑받지 못했다는 불명예를 안게 되었습니다. 죽기 전 마지막 말을 유언이라고도 하지만, 남은 이에게 하는 부탁은 임종당부臨終當付라고도 합니다.

시대를 풍미했던 권력자들은 살아생전 수많은 명언과 연설문을 남겼지만, 임종당부는 간결하고 소박한 것이 대부분입니다. 다른 세상으로 넘어가는 고갯마루에 서고 보면 현세에 남은 이들에게 전할 메시지가 시시콜콜할 이유가 없습니다. 인류학자들은 오히려 인간이 가장 진실해지는 순간을 바로 이 '유언 작성의 순간'에서 찾습니다. 온갖 미사여구로 가족과 친지, 친구에게 사랑과 존경을 표현해 왔지만, 막상 죽기 전 재산분배에서만큼은 그의 속마음이 그대로 기록될 수밖에 없다는 것이죠. 유산의 크기가 애정의 크기와 정확히 비례한다고 볼 수도 있습니다. 죽음이 임박하면 마을 사람들, 가족과 친지 얼굴이 모두 하나씩 밟힙니다.

우리 꽃길만 걷자

유산목록이 죽음을 앞둔 사람의 현세적 가치관을 보여 준다면, 내세에 대한 가치관은 바로 '사후 처리방식'에서 드러나기 마련입니다. 사후에도 언제든 마음만 먹으면 현세에 올 수 있다고 믿었던 옛 어른들은 화장火葬에 결연히 반대했고, 제사는 물론 시묘살이를 요구하기도 했습니다. 탈상 전 3년까지 부모의 묘소 옆에 움막을 짓고 공양해야 했습니다. 고기와 술은 입에 대지 않았고 심지어 생식으로 연명하며 곡을 하기도 했습니다. 중국의 유교 연구가들은 이런 모습을 보고 "중국에서 죽은 공맹(孔孟: 공자와 맹자) 이 한국에서 부활했다"며 놀라워하곤 합니다.

불가의 스님이 입적入寂하면 다비식茶毘式을 합니다. 선사 禪師에게 육체란 그저 서방정토로 떠나며 벗어놓는 옷가지 와 같아 화장하고 유골만을 추립니다. 물론 민간에선 불 교의 사구제, 유교의 삼우제 풍속이 면면히 남아 있습니 다. 기독교의 세계관에 따르면 죽은 후 모든 이는 현세와 는 다른 영적 세계로 소환됩니다. 이 이치에 따르면 장의 방식이야 중요하지 않을 수 있지만, 그 방식을 예수나 사 도가 특정하지 않았기에 나라마다 다릅니다. 하지만 남은 육신보다 영靈의 미래가 중요하다고 믿는 기독교인들이 화장을 선택하는 이유 또한 여기에 있습니다.

　로마 초기의 기독교인들은 지하묘지인 카타콤(Catacomb)
에 묻히길 원했습니다. 순교자와 성인들이 있던 곳이었
죠. 빛도 들지 않고 습기도 많은 곳이었지만 이곳을 성지
라 생각했습니다. 물론 로마가 기독교를 받아들인 이후엔
지상묘지가 일반화되었습니다.

　지금은 거의 사라졌지만 몽골에선 풍장風葬을 했습니다.
이 풍습은 우리나라 고려시대에도 있었고 서해 도서지역
에 꽤 오랫동안 남아 있었습니다. 몽골에선 죽은 이의 시
신을 흰 천에 싸 달구지에 싣고 그렇게 하염없이 가다 시신
이 떨어지면 그냥 돌아옵니다. 3일 후 늑대나 독수리의 먹
이가 되어 유골만 남으면 후손들은 기뻐했고, 시신이 온전
하면 생전 죄업이 많았다고 상심했습니다. 땅은 모든 생명
의 어머니요, 늑대와 독수리에게도 어머니 신의 영혼이 깃
들어 있다고 믿었습니다. 이렇듯 영생(永生)은 동서고금을
막론한 인식이었습니다. 죽었으되 떠났을 뿐이고, 떠났지
만 사라지지 않습니다.

중국인들은 지금도 저우언라이(주은래 周恩來)를 '인민의 영원한 총리'로 부릅니다. 저우언라이가 화장을 선택함에 따라 중국인들의 매장풍속은 화장으로 급격히 선회했습니다. 마오쩌뚱 역시 화장하라고 유언했지만, 중국공산당은 그를 영구보전 처리합니다. 구소련의 레닌 역시 어머니가 묻힌 상트페테르부르크에 묻어 달라 간청했지만, 방부 처리된 채 '붉은 광장'에 남습니다. 이렇듯 살아있는 자의 정치적 욕망이 죽은 이를 영원히 묶어두기도 합니다. 반대로 유교적 문화는 죽은 이가 살아있는 이에게 끊임없이 관여합니다.

　사후세계가 존재하느냐의 문제는 의외로 학계에선 중요한 문제였습니다. 18세기 말 유럽의 철학자 상당수는 사후세계를 믿음으로 인해 인간은 현세에서 마땅히 얻어야 할 권리를 유보하며, 불합리와 빈곤마저 사후에 보상받을 수 있다고 믿어 결국 이 지옥 같은 현세를 방치한다고 주장했습니다. 반대로 근대의 과학자 일부는 인간은 모두 반드시 죽고, 죽은 후 사후세계로 진입한다는 것을 믿는 것이야말로 인간의 무제한적 탐욕과 악행을 억제할 수 있는 절대자의 마지막 선물이라고 주장하기도 했습니다. 그들은 임사체험과 영적 능력과 같이 기존의 물리법칙으로 해명되지 않는 영역에 대한 연구를 지속했습니다.

의학자들은 영생永生에 대한 새로운 관점을 제시합니다. 육신이 영원히 살 수 없으나, 죽기 전의 장기기증이나 신체기증이 오히려 더 많은 이들을 살리고 삶을 지속시킨다는 의미에서 몸의 기증이야말로 진정 새롭게 사는 것이며 창조주의 뜻에 걸맞지 않으냐는 것이지요. 최근엔 장기기증 희망자의 운전면허증에 붉은 심장 위에 핀 푸른 새싹 모양의 장기 기증 표식이 있습니다. 인간이 죽으며 남길 수 있는 가장 아름다운 것은 역설적으로 생명이라는 것을 부인할 수 없습니다.

여러분은 어떻게 생각하시나요? 나는 인간은 반드시 죽고, 몸과 재산은 물론 그 어느 것도 가져갈 수 없다는 입장입니다. 이 지구마저 잠깐 빌려 쓰고 있을 뿐이지요. 절대적 죽음을 믿고 상기해야 지금 삶에 대한 이유를 알 수 있습니다. 또한 그 죽음의 순간을 인간이 모른다는 사실이야말로 신이 인간에게 준 배려라고 생각합니다.

초등학교 시절 고향 산골에는 전파가 잘 잡히지 않았습니다. 안테나를 나무 위에 세워 라디오 주파수를 찾곤 했습니다. 어느 날 강 건넛마을을 때린 유난히 사나게 벼락 치는 소리를 들었습니다. 다음 날 들어보니 벼락이 나무 위에 꽂아 놓은 안테나를 쳐서 그 아래에서 트랜지스터로 라디오 방송을 듣던 아저씨가 즉사했다는 겁니다.

이렇듯 인간은 한 치 앞을 모르니 매일 하루를 감사히 살아야 하는 이유가 생깁니다. 임종당부나 유산배분도 중요하지만, 자신이 어떤 인간형으로 살았고 어떤 가치관을 남겼는지도 소중한 정신적 유산입니다. 우리의 장례식이 오열과 슬픔만이 아닌 행복과 사랑으로 충만할 수 있으면 얼마나 좋을까요.

수년 전 나에게 각별한 애정을 쏟아주신 장인이 돌아가시고 한 줌 뼛가루로 유골함에 담겼을 때 난 삶에 대한 허무와 생의 의미를 생각했습니다. 나이 예순이 지나니 굳이 움켜쥘 필요가 없는 것을 움켜쥐려 아등바등 뛰었던 날들이 떠오르고 앞으론 미련하게 살지 말아야겠다는 생각이 듭니다. 우리가 떠난 후 자녀들이 우릴 이렇게 추억하면 얼마나 좋을까요.

　"나는 아버지(어머니)로부터 일상의 행복을 즐기는 법과
이웃에 대한 사랑과 공동체에 대한 헌신이 주는 즐거움을
배웠다"

　　　　　　　　　　　　우리 꽃길만 걷자

송사 訟事의
추억

수년 전에 토지를 사서 5층 건물을 올렸습니다. 꼼꼼히 준비해 공사는 건설업자와 계약한 대로 차질 없이 진행되는 듯했습니다. 건설업자와 하청관계였던 시행 작업자 간에 분쟁이 생겼다는 말을 들었지만 나의 계약 밖의 일이었기에 대수롭지 않게 넘겼습니다. 준공 후 3년이 지난 후에 나는 해당 건물에 대한 가압류 통고와 민사소송을 당했습니다. 졸지에 피고가 된 것이죠. 원고의 소송내용도 어마어마했습니다. 건물에 가압류 1억을 잡고 내가 소송에서 질 경우 3억 1천만 원을 배상하라는 청구였습니다. 겁이

덜컥 났습니다.

이유를 알아보니, 작업자에게 임금을 주지 않은 건설업자는 이미 형사처벌 받은 상태였습니다. 하지만 건설업자는 돈이 없고 건물주인 네기 돈이 있을 것 같으니 민사소송을 나에게 청구한 것이었습니다. 사정이야 딱하지만 엄한 데 화풀이한 격입니다. 우선 김천의 법률구조공단과 주변 법조인에게 자문을 구했습니다. 소개를 받아 서울중앙지법 근처의 법률사무소와 계약했습니다. 선임비용은 1천만 원, 성공보수로 1천만 원이었습니다. 난 이 비용이 무척이나 부담되었는데, 주변 법조인에게 물어보니 그건 아무것도 아니라고 하더군요.

거제에서 서울까지 가서 재판준비를 했고 소송에 필요한 각종 증빙서류를 마련하기 위해 뛰어야 했습니다. 몸도 몸이지만 그 정신적 피로감과 분노는 이루 말할 수 없었습니다. 세상 이치가 그렇더군요. 나 혼자 깨끗하고 탈 없이 산다고 되는 것이 아니더군요. 상대가 소송을 걸면 싫어도 정면으로 응대해야 하고, 그렇지 않으면 재산을 빼앗기는 것이 소송원리였습니다. 원하지 않아도 격렬하고 치밀하게 싸워야 하는 것이 소송입니다.

　두려움도 컸습니다. 이 조선업 불경기에 재판에서 지면 원고의 배상청구비용은 물론, 그들의 변호사 비용까지 물어줘야 했습니다. 건물에 대한 가압류 조치로 은행에서 건물을 담보로 한 대출도 불가능한 실정이었습니다. 재판이 금방 끝나는 것도 아닙니다. 수개월을 다투고 1심 판결이 나도 다시 2심이 기다리고 있습니다. 결국 2년 반이라는 시간이 지나 1심과 2심 모두 이길 수 있었습니다. 그간 지출된 변호사 선임비용 역시 상대가 지급해야 합니다. 처지가 바뀐 것이죠. 공세가 수세가 되고 피해자 행세를 했던 이가 가해자가 된 것입니다. 알아보니 원고의 형편도 좋은 편이 아니었습니다. 내가 돈이 많아 보였던지, 세게 소송하면 적당히 타협해 약간의 돈이라도 줄 것으로 생각했던 모양입니다. 소송에서 이겼지만 그 뒷맛의 불쾌함이란 이루 말할 수 없었습니다. 변호사 선임비용이야 최소한의 손실이었습니다. 수개월 동안 뛰어다니며 길에서 버려야 했던 시간들, 스트레스로 보낸 불면의 밤과 정신적 고통은 누구도 보상해주지 않습니다.

우린 살면서 "그럼 법대로 하자"는 말을 듣게 됩니다. 말은 쉽지만 법은 그렇게 쉬운 게 아니었습니다. 송사에는 엄청난 시간과 비용, 정신적 고통이 동반됩니다. 재판 출석을 앞두고 기다리는 동안의 긴장감, 원고의 얼굴을 법정에서 다시 봐야 하는 고통, 무엇보다 있지도 않은 사실을 증명하기 위해 동원되는 각종 법률서류와 증언들을 들을 때의 참담함은 이루 말할 수 없습니다. 재판에서 지고 인생이 파멸했다는 사람도 많고, 재판에서 이겼지만 영혼을 강탈당했다는 사람도 있습니다. 때로는 잘못된 보도와 음해성 폭로로 인격살인을 당한 피해자가 오랜 싸움 끝에 자신의 무고를 입증해도 잃어버린 명예는 찾을 길이 없는 경우가 대부분입니다. '사기'로 재판받고 있다는 사실은 금방 소문이 나지만, 결백하다는 재판 결과에 주목하는 사람은 거의 없습니다. 나의 경우에도 '민사소송'이라 그 정도였지, 형사고소였다면 형사처벌도 감당해야 했습니다.

한국인의 '법'에 대한 의존성은 세계 최고 수준이라고 합니다. 한국인의 고소고발 경향을 분석한 통계는 아찔합니다. 한 해 평균 50만 건의 고소고발이 발생합니다. 이웃 일본에 비해 인구당 60배나 많은 송사 비율이죠. 한국

우리 꽃길만 걷자

인이 워낙 사기와 위법을 즐긴다면야 또 모를까, 실제 사건이 기소되는 경우는 20%밖에 되지 않습니다. 80%가량이 초보적인 법률요건도 갖추지 못한 감정형, 보복형 고소고발입니다. 경찰과 검찰의 처리사건 중 민간인의 고소고발이 차지하는 점유율이 무려 30% 이상을 차지했습니다. 일본은 늘 3% 미만이었습니다.

　사회 심리학자들은 한국인은 늘 화가 나 있다고 경고합니다. 우리 사회가 거대한 분노의 용광로로 달궈지고 있어, 사소한 문제도 큰 싸움으로 비화하기 일쑤입니다. 한국인이 대체로 의사소통이 원활하지 못하고 분노를 매일 축적하고 있다는 분석도 있습니다. 미국 정신과협회는 '화병 (hwat-byung)'을 심리적 질병으로 정식 등록했는데 '한국인에게만 나타나는 증상으로 억압에 따른 분노'라고 설명합니다. 오랜 시절 억눌리고 당했다는 피해의식이 누적되어 타인과 사회에 대한 적개심과 공격성으로 나타나기도 한다는 겁니다.

　확증편향(confirmation bias)이라는 용어도 동원됩니다. 자신의 신념체계를 강화해주는 정보만을 선별해 받아들이고, 자신의 믿음과 상반되는 정보는 의도적으로 배제해 무시한다는 겁니다. 아마 나에게 소송을 제기했던 그도 자신의 억울함에 집중했기 때문일 것입니다. 그런데 소송 상대방이 느낄 황당함과 억울함에 대해서도 그가 충분히 주목했을까요? 패소로 인해 그는 나의 변호사비용까지 부담하게 되었습니다.

우리 사회에는 아직 법치法治에 대한 오해가 있습니다. 근대에 탄생한 법치주의는 국가권력이나 힘을 가진 이가 시민의 기본권을 침해하지 못하도록 하고 자의적인 지배, 즉 위정자의 인치人治의 범위를 제한하는 개념이었습니다. 돈과 주먹을 가졌다고 이를 통해 해결하지 못하도록 만든 것이죠. 권위주의 독재시절을 거쳐 얻은 '법치주의'가 곧 '민주주의'라는 환상 또한 여기서 탄생했습니다.

권력자와 타인에게 무도한 피해를 주는 이에게 법은 추상같아야 하지만, 매일 일상을 살아가는 우리가 늘 관官에 호소하고 판사에게 법으로 결판내어 달라고 다투는 그런 사회는 법치사회가 아니라 끔찍한 의존사회입니다. 우리는 분쟁을 해결 못 하니 더 큰 권위자에게 판가름해달라고 하는 관념은 조선, 일제강점기 이래 이어져 온 관존민비官尊民卑 사상에 뿌리를 두고 있습니다. 관은 절대적이며 백성은 천하다는 인식이 아직도 우리 사회엔 남아있습니다.

법치의 원리가 다수결多數決에 기인한다는 점에도 치명적 맹점이 있습니다. 이 시스템에선 사회적 소수자가 배제될 수 있으며 다수의 힘은 때로 폭정으로 나타나기도 합니다. 다수의 힘을 업은 권력자가 정치적 반대자를 제압하는 '법대로'는 민정독재로 돌변하기도 합니다. 히틀러와 나치의 집권이 국민적 열광으로 인한 것이었다는 사실을 잊지 말아야 합니다. 법으로 법을 없애고 법으로 기본권도 제약할 수 있습니다. 많은 나라의 독재정권이 초기 민의民意에 의해 탄생했지만 '법치' 하에 회를 해산하거나 기본권을 제약했습니다. 법의 기능 역시 사회·문화적 성숙 정도에 비례하기 때문입니다.

법치法治와 인치人治 모두 만능이 아닙니다. 가령 아파트 층간 소음 문제나 끔찍한 범죄현장을 보고도 신고를 외면한 행인의 문제를 법으로 처벌할 수 있을까요? '법대로'가 다 좋은 건 아닙니다. 우리 회사 사무실엔 9년 전부터 이런 문구가 부착되어 있습니다.

"대화對話가 없으면 불행不幸이 찾아오고, 소통疏通이 없으면
고통苦痛이 찾아온다."

쌍방이 거듭 대화하는 숙의熟議와 소통疏通이 지금 더욱
절박한 것인지도 모릅니다.

우리 꽃길만 걷자

정말
중요한
것들

    심야 교차로에서 '쿵!' 하는 굉음이 들립니다. 파란 불을
받자마자 질주하던 SUV 승용차를 맞은편에서 불법 유턴
하던 소형 승용차가 들이받았습니다. 직진하던 승용차는
충격으로 차량 범퍼가 날아가며 섰지만, 유턴 차량은 몇
바퀴를 돌다 가로수를 들이박습니다. 차량 후드에선 연기
가 피어오릅니다. 피해차량 운전자가 차 문을 열고 나와
고래고래 소리를 지르며 통화를 합니다.

    연기를 뿜고 있는 차량에 접근하니 한 청년이 핸들에 머리를 박고 안전벨트를 빼려 안간힘을 쓰고 있습니다. 운전석 문은 열리지 않고 조수석 문을 열었습니다. 문을 열자 술 냄새가 가득합니다. 깨진 유리로 얼굴 곳곳에 흘러내린 피가 청년의 흰 와이셔츠를 붉게 물들였습니다. 행인과 함께 청년을 끌어내렸지만 충격이 심했던지 바로 바닥에 쓰러지고 맙니다. 시민 몇 명이 나서 119와 112에 연락하는 동안에도 피해차량 운전자는 끊임없이 통화하며 이쪽으로 걸어옵니다. 흥분한 그가 전화를 하며 한 사람에게 던진 말이 충격적이었습니다.

"보셨죠? 보셨죠? 저 차가 신호 위반해서 들이박은 거, 진술, 진술을 해주세요."

그 순간에도 그는 보험회사에 연락하고 목격자 증언을 확보하기에 여념이 없습니다. 사람의 생명이 어찌 될지도 모르는 순간에도 그의 관심은 과실비율과 자신의 입을 손실에 대한 것이었습니다. 쓰러진 청년은 연신 토를 하며 괴로워합니다. 기도가 막히지 않도록 목을 받치고 입안의 토사물을 걷어내는 조치를 하는 순간에도 그는 옆에서 다시 전화를 겁니다.

우리 꽃길만 걷자

"이 사람 술 냄새가 지독해요. 음주운전이에요. 음주측정도 해주세요. 빨리 와주세요."

경찰차가 먼저 왔습니다. 경찰관이 소화기로 차량의 불을 끄고 도로 위에 흩어진 차량의 잔해를 정비하며 교통정리를 하는 동안 구급차가 왔습니다. 쓰러진 청년을 싣고 출발하자 경찰차가 따라갑니다. 아마 음주측정과 진술확보를 위한 것이겠지요. 얼마 지나 보험사 직원이 오자 그는 더욱 목소리를 높여 상황을 설명합니다. 답답하고 화가 납니다. 인사불성이 될 정도의 술을 마시고 운전하다 결국 피 흘리며 쓰러진 그 청년의 눈과 흥분상태로 소리지르며 전화통화에 정신 팔렸던 그의 상기된 얼굴이 교차됩니다.

잘못은 명백합니다. 음주운전에 불법 유턴한 그 청년은 형사처벌을 받을 것입니다. 머리에서 떠나지 않는 건 피해차량 운전자의 처신입니다. 물론 그 역시 놀랐겠죠. 하지만 심각한 충돌사고 이후 그가 보인 모습이 나는 더 놀라웠습니다. 쓰러진 청년의 안위에는 단 1초도 관심 없던 그의 흥분한 목소리와 눈빛이 지워지질 않습니다. 우리 사회의 위기를 상징하는 장면으로 남을 것 같습니다.

1993년 전 세계에 보도된 사진이 있었습니다. '수단의 굶주린 소녀'라는 보도사진이었습니다. 뼈만 앙상하게 남은 기아상태의 어린아이가 가쁜 숨을 몰아쉬며 흙바닥에 앉아 고개를 숙인 채 있고 그 옆에선 그 소녀가 죽기를 기다리며 지켜보는 독수리가 있었습니다. 사진작가 케빈 카터 (Kevin Carter)는 50도가 넘는 폭염 속에 비틀거리며 걷던 소녀가 쓰러지자 숨죽이며 20분을 기다려 이 사진을 찍었고 그는 이 사진 한 장으로 퓰리처상까지 받았습니다. 퓰리처상은 사진계의 노벨상과 같습니다. 그는 이렇게 말했습니다.

"지금도 1분마다 전쟁과 가난으로 아이들이 죽어가고 있다. 이 사진 한 장으로 경종을 울리고 싶었다."

하지만 얼마 지나지 않아 사람들은 그를 비난했습니다. 사진 촬영 장소가 수단 아요드(Ayod) 지역의 한 식량 배급소 근처였고, 그가 긴급구호를 하지 않고 극적인 장면을 위해 20분이나 소요했다는 것에 대한 분노였습니다. 그는

우리 꽃길만 걷자

"사진 촬영 후에 소녀를 구호했다"고 항변했지만 사람들의 비난은 더 거세졌습니다. 이 사건은 '개입하지 않고 취재만 한다'는 차가운 저널리즘의 원칙에 대한 회의로 이어졌습니다. 즉 소녀에게 물을 줄 것인가, 사진을 찍을 것인가에 대한 것입니다. 사람들의 비난으로 우울증에 시달리던 그는 다음 해 자신의 자동차 안에서 자살했습니다. 유서엔 이렇게 쓰여 있었습니다.

"사진을 찍고 곧바로 독수리를 쫓아 보낸 뒤 소녀를 구조했다. 하지만 지금 생각하면 그 순간 카메라를 들고 있던 나 자신이 너무 밉다. 소녀에게 정말 미안하다."

케빈 카터가 촬영했던 지역은 전염병으로 격리된 지역이었으며 외지인이 감염자와 접촉하는 것은 금지되어 있었습니다. 하지만 케빈 카터가 억울함을 호소했어도 이 윤리적 논쟁은 가라앉지 않았을 것입니다.

우린 가끔 다급한 '목적' 때문에 '사람'을 잃곤 합니다. 때론 그 사람을 위해 그랬다는 변명이 동원되기도 합니다. 매일 매일 사람을 향한 뜨거운 시선을 간직하지 않으면 자신도 모르게 '차가운 명분'의 포로가 될 수 있습니다. 사람이 목적이 되어야 합니다.

'국뽕'과
강국強國
사이

외국인이 한국에 와서 놀라는 것들이 꽤 많습니다. 한국에 온 외국인 관광객들이 한결같이 감탄하는 것은 수도권에 촘촘히 연결된 지하철 교통체계죠. 이들은 카드 하나로 버스와 지하철을 오가며 자동 할인이 되는 교통문화에 감탄하곤 합니다. 온갖 낙서와 바닥의 이물질, 흐린 조명으로 범죄의 온상이 된 뉴욕 지하철과 달리 깨끗하고 심지어 와이파이(wifi)까지 빵빵 터지니 외국인 커뮤니티에선 "한국에 가선 지하철을 꼭 타보라"고 권하곤 합니다. 치킨을 주문하면 10분 만에 강변 둔치까지 총알배송을 하는 배달문화는 그야말로 세계 최강의 서비스 문화라고도 칭송합니다.

　삼겹살집에서 가위로 고깃덩이를 뭉텅뭉텅 써는 것에 문화적 충격을 받기도 하지만 상추 위에 잘 구워진 삼겹살을 밥과 쌈장과 함께 얹어 먹고 나면 굳이 칼이 가위보다 더 위생적일 것이라는 편견도 사라집니다. 강남의 가로수 길을 걸어 본 이 들은 한국인들이 세계 어느 나라보다 옷을 잘 입고 유행에도 민감하다는 것을 체감합니다. 사우나에선 '다 벗고' 탕을 함께 쓰는 한국 특유의 문화에 감탄하기도 하지만 그 노골적인 개방성(?)에 또 한 번 충격을 받죠. 국내 기업이 생산한 맥주가 북한의 김빠진 '대동강 맥주'보다 맛이 없다는 혹평도 있지만, 반대로 자극적인 안주를 즐기는 한국인 입맛에 최적화되었다는 평가도 있습니다.

　최근 SNS에선 방한한 외국인의 입을 빌어 한국문화의 탁월함을 추앙하는 게시물이 많습니다. 물론, 이런 자족自足적인 문화가 꼭 좋은 건 아닙니다. 민족주의적 감수성을 자극하며 우리 문화 최고라는 자만심과 우물 안 개구리 식 해석을 '국國뽕'이라고도 합니다. '뽕'은 필로폰, 소위

히로뽕을 의미하는데, 비이성적 애국주의로 마치 '마약에 취한 듯하다'는 뜻으로도 쓰입니다.

한국에 온 많은 외국인들이 입을 모으는 이야기가 또 있습니다.

"이토록 뛰어난 음식문화와 안전한 치안, 아름다운 고궁과 산을 지닌 한국문화가 지금에 와서도 알려지지 않은 것이 더 미스터리하다."

서유럽의 경우 음식문화가 보수적인 편입니다. 오랜 세월 형성된 귀족의 만찬문화와 레시피를 상업화했지만 그 맛의 본질을 포기하려 하지 않죠. 하지만 한국은 인구 대비 세계 최대 규모의 자영업자들이 창업해 맛으로 경쟁하다 폐업하길 반복합니다. 또한 대륙과 해양 문화 모두를 받아들이며 빈궁 상태에서 일군 음식문화입니다. 유럽에서 폐기하는 소 창자를 가지고 이토록 맛있는 대창, 곱창, 국밥을 만들어 내는 민족이 우리 말고 또 있을까요? 돼지 껍데기를 비만 방지 콜라겐 덩어리라고 선전하며 구워 먹는 민족이 우리입니다.

경제전쟁과 마찬가지로 역사·문화전쟁도 첨예합니다. 미래엔 문화를 기반으로 한 생활방식(라이프 스타일)이 상품소비에 결정적 영향을 미치기에 소홀히 할 수 없습니다. 아직 세계의 인식은 매일 준전시 상태를 겪고 있는 동방의 휴전국가라는 인식에 머물러 있습니다. 언제까지 강남 한복판에 싸이(PSY)의 '말춤 동상'을 세워놓고 우리가 '강남스타일'의 나라라고 선전할 수 없습니다. 오히려 이런 식의 홍보는 자국의 문화적 역량을 폄하하는 유치한 접근이라는 평가를 받고 있습니다. '쌈썽(삼성)'도 알고 '현다이(현대)'도 알고, 김정은의 '노쓰 코리아'도 알지만 (R.O) KOREA는 모르는 세계의 젊은이가 많습니다.

'K-POP'과 'E-sports(인터넷 게임)'으로 한국을 배우겠다는 젊은이들이 폭발적으로 늘고 있습니다. 태국에선 올해 처음 한국어가 제2외국어로 채택되었습니다. BTS(방탄소년단)에 빠져 한국어의 아름다움을 발견하고 우리말과 한국문화에 심취합니다. 한국 게이머에 대한 관심은 유럽과 북미에서 뜨겁습니다. 세계 대회에서 역대급 실력을 드러내며 각 나라 대표단을 침몰시킨 한국 게이머에 대한 찬사가 이어지고 있습니다. 21세기 문화산업의 힘이자 역설

이기도 합니다.

하지만 이것으로 대체할 수 있을까요? 너무나 배고픈 시절을 한강의 기적으로 이겨낸 터라 우린 오랫동안 한국의 경제발전을 알리고자 했습니다. 하지만 전문가들은 이러한 홍보전략의 위험성을 경고하고 있습니다. 자국의 본질적 문화속성, 즉 정체성을 보존하고 세계화할 고민 대신 경제적 성장을 홍보하는 것만큼 어리석은 일은 없다는 것입니다. 더 이상 여행을 갈 때 편리함만으로 선택하지 않기 때문입니다. 일본의 와규(和牛)구이나 우동, 사케 등의 문화적 정체성이 아닌, 도쿄의 발달상을 보고 싶어 하는 이들이 얼마나 될까요.

80년대 초 한국의 농촌을 방문한 한 외신기자가 자국에 돌아가 썼던 기사의 내용입니다.

"한국에서 가장 놀라운 광경은 옛 모습을 간직한 아담한 한옥과 들녘에서 황금빛으로 춤추는 벼들이다. 한국에 가고 싶다면 더 늦기 전에 가서 이 놀라운 광경을 보길 권한다. 한국의 경제개발정책으로 하루가 다르게 농촌은 허물어지고 논과 밭엔 아파트가 들어서고 있다."

　민족적인 것이 세계적인 것이고, 우리에게 옛것이 그들 눈에 가장 새로운 것으로 보입니다. 벚꽃과 풍경소리가 아름다운 하동의 쌍계사雙磎寺나 나람쥐가 여행객을 따라다니는 돌담길이 아름다운 선운사禪雲寺에 가보신 분들이면 느끼겠지만 사람이 걸을 길을 차량이 줄을 서 점유하고 길가엔 숙박업소, 심지어 밤새 야외 노래방에서 스피커에서 트로트가 흘러나옵니다. 봄과 가을이면 은목서와 백리향, 편백나무 향이 가득한 순천의 선암사松廣寺와 송광사仙巖寺 정도가 그 본연의 정취를 잃지 않고 있습니다.

　각종 문화재의 현판과 안내 문구는 한국사람도 이해하지 못할 정도의 저급한 수준의 정보를 담고 있고, 그 맥락과 정보를 알려면 책을 보든가 인터넷 검색을 해야 합니다. 나라 안에서 만족적으로 소비하고 휘발시키는 '국뽕' 문화가 우리 자신에 대한 '객관적 인식'을 가로막지 말았으면 합니다. 우리 문화유산에 대한 자부심 이전에, 우리는 진정 우리 것을 소중히 여기고 있는지에 대한 성찰이 필요하진 않을까요?

다시 온
'남한산성'의
시대

　현대 중국 젊은이들의 '중화사상中華思想'은 선대를 능가
합니다. 청淸 말기 서구에 유린당하고 아편으로 침탈당한
끝에 100년을 기다려 통일을 이룬 신중국新中國의 위상에
대한 그들의 열광은 상상을 초월합니다. 중국이 개혁개방
정책을 전면에 내세우며 세계 시장에 뛰어들 때 일본은 물
론 서방과의 '저작권 분쟁'이 대단했습니다. 중국 도처에
서, 심지어 백화점에서도 버젓이 짝퉁을 팔고, 한국 현대
차의 신모델이 6개월 후에 이름만 바꿔 출시되는 등 요지
경이었습니다.

불과 10년 전만 해도 대외 경제협상에서도 중국은 늘 저작권 문제와 관련해 불편한 기색을 보였습니다. 심지어 국내에선 사실 모방품과 복제품을 장려하는 분위기였습니다. 중국 당국의 이런 배짱은 중국인에게 숱한 이야깃거리를 주었습니다. 무역개방 초기 중국과 미국 협싱딩 국자 간의 일화였다는 (믿기 어려운) 이야기 한 토막입니다. 이것은 국내 한 소설에서도 소개된 바 있습니다.

중국 내 미국 상품에 대한 저작권 침해문제를 미국 관료가 열을 내며 성토하자 이를 듣고 있던 중국 관료가 한 마디 합니다.

"당신이 들고 온 그 서류뭉치는 어디서 나온 겁니까?"
미 관리는 어리둥절합니다.
"당신네 군대의 포탄, 그 화약은 어디서 온 겁니까?"
"중국이 종이와 화약에 대한 저작권을 당신네 나라나 다른
나라에 요구한 적 있습니까?"

이런 식이면 중국 4대 발명품이라는 종이, 화약, 지남철 (나침반), 인쇄술은 물론 면화기술이나 절강성浙江省 월주요

우리 꽃길만 걷자

越州窯에서 세계 최초로 개발되었다는 도자기에 대한 원천 기술을 요구할 수 있겠지요.

위의 이야기는 지어낸 것일 겁니다. 하지만 실제 세계 무역시장의 사정은 더욱 살벌합니다. 세계 그 어느 나라도 우리나라가 가끔 당하는 '반덤핑dumping 관세'와 같은 무역보복을 중국에 적극적으로 행사하진 못합니다. 했다 해도 눈치껏 해서 상호 무역균형을 맞추는 식이지요. 14억 대륙의 시장에서 중국이 조치라도 취할 경우 '되로 주고 말로 받는' 것 이상의 막대한 피해를 보기 때문입니다.

하지만 2000년대를 기점으로 중국 내의 저작권 정책도 급변하기 시작했습니다. 중국의 글로벌 기업이 세계로 나가기 시작했고, 중국 기업이 세계 1−2위를 다투는 IT 업종 대부분을 차지하게 되었습니다. 자국 기업과 국내 시장을 보호하기 위해 중국당국이 거꾸로 저작권의 칼을 휘두르고 있습니다.

중국 인근의 민족이 중국으로 동화되거나 흡수되지 않은 경우가 거의 없습니다. 장족, 후이족, 만주족 등 중국

내 소수민족은 55개 족 정도 되는데 이들의 인구는 중국 인구의 10%밖에 되지 않지만, 머물고 있는 땅덩이는 60%에 달할 정도로 어마어마합니다. 세계의 사학자들은 한반도가 독자적인 언어와 문화체계를 견지하고 유지할 수 있었던 것이 기적이라고도 말합니다. 또한 유라시아 내륙이 그랬던 것처럼 '조공'을 바친 적은 있어도 국권國權을 내주거나 직접 통치를 허용하지 않았고 매우 독특한 형태의 군신관계나 형제관계로 한국의 독자성을 유지할 수 있었다고 합니다.

중국 만리장성萬里長城의 그림을 인터넷에서 검색하면 놀랍게도 만리장성의 동쪽 끝이 한반도 평양까지 이어져 있습니다. 중국 동북공정東北工程의 영향으로 중국 언론들이 퍼뜨린 명백한 날조이지만, 이 그림을 본 많은 나라 젊은 이들은 우리 민족이 오랜 중국 영토 안의 소수민족이라 믿고 있습니다. 심지어 유럽의 많은 나라 교과서에 한국이 중국의 수천 년 지배를 받은 속국이었다고 적혀 있습니다.

『강자의 조건』(이주희. 2014)이라는 책이 있습니다. EBS 다큐멘터리 〈강대국의 비밀〉을 압축한 내용입니다. 세계를 제패한 로마, 몽골, 영국, 네덜란드, 미국의 사례를 추적하며 세계 초강대국 탄생의 비밀을 소개한 책입니다. 이미 중국에선 2006년 중국중앙방송(CCTV)가 〈대국굴기大国崛起〉라는 다큐멘터리를 프라임 시간대인 9시 30분에 12부작으로 방영한 바 있습니다. 다큐멘터리의 마지막이 중국 편으로 대도행사大道行思 편으로 방영되었습니다. 이 다큐멘터리에 중국인이 열광했고, 중국공산당이 고무되었음은 물론입니다.

『강자의 조건』에서 추적한 강대국의 비밀은 과연 무엇이었을까요? 인구에 따른 경제생산력이나 최강 군사력이 아니었습니다. 몽골과 영국, 네덜란드 모두 출발 당시 소국小國에 불과했습니다. 비결이 무엇이었을까요? 바로 '관용'과 '수용'이었습니다. 얼마나 유연하게 세계 최강의 문화와 기술을 자신의 것으로 만들어내는가. 자신의 것을 강요하는 것이 아니라 타국의 것을 기꺼이 배울 수 있는가. 이같이 타국을 배제하는 것이 아니라 수용해서 더 큰 인프라를 구축할 수 있는 문화적 역량이 곧 강대국의 비밀이었다는 것이죠. 최근 미국 언론이 트럼프 대통령의 대외정책, 즉 '미국 제일주의'와 '보호무역주의,' '지구온난화 협약 탈퇴

정책' 등이 미국의 성장 동력을 갉아먹고 고립시켜 중국에 패권을 내주는 것이 아니냐는 비판하는 근거이기도 합니다.

인류 역사상 출현했던 모든 '근본주의'와 '이념적 경직성,' '문화적 폐쇄성'이야말로 국가 쇠락의 전조였다는 경고를 잊어선 안 됩니다. 중국이 포용과 관용이라는 글로벌 지도국가로 탄생할지, 또 다른 패권주의로 국력을 소진할지는 중국의 선택에 달려있습니다. 중국이 한국에 가한 '싸드THAAD보복'이야말로 중국굴기의 본질이라는 비판이 가능한 이유입니다.

남의 나라 걱정할 만큼 우리 사정이 한가하지 않습니다. 우리나라는 아직 섬과 같은 경제환경에서 뛰쳐나오지 못하고 있습니다. 시진핑習近平 주석의 인프라 사업인 일대일로(一帶一路, One Belt One Road)를 주목해야 합니다. 마르코 폴로의 장정처럼 육상과 해상의 길을 하나의 교역 경제 벨트로 묶겠다는 구상입니다. 중국과 유라시아−유럽−아프리카로 이어지는 21세기판 실크로드입니다. 투자 규모도 엄청나 120여 개국이 줄을 서며 뛰어들고 있습니다. 세

우리 꽃길만 걷자

계는 지금 시 주석이 '제2의 칭기즈 칸'을 꿈꾸고 있다며 의심의 눈초리를 거두지 않고 있죠. 한국이 '섬'과 같은 경제지형에서 벗어나 이 경제벨트에 참여할 수 있는 유력한 길은 중국−러시아를 통과하는 유라시아 철도를 북한을 경유해 남한으로 잇고, 일본과의 해저터널을 구축하는 방법인데 북핵 문제로 이 또한 낙관할 수 없습니다.

그 나라 젊은이의 그릇은 문화적 영토관념에서 비롯되는 경우가 많다고 합니다. 유럽의 경우 자가용과 열차를 타고 십여 개의 이웃 나라를 돌아다니며 취업하고 연구하는 일이 자연스럽습니다. 중국 젊은이들은 이미 세계가 우리 터전이라며 창업에 열중입니다. 이렇듯 문화적 영토관념은 굳이 그 나라의 국경에 의한 것이 아니라 얼마나 자유롭게 오가며 타문화를 수용할 수 있느냐에 달린 것입니다. 이에 비하면 한국은 작은 섬나라의 영토관념을 지니고 있습니다. 자동차로 4시간 이내면 국내의 모든 항구에 도달하고 위로는 비무장지대로 막혀있습니다.

우리 민족은 해양세력(미국·일본)과 대륙세력(중국)의 끊임없는 요구 속에 선택을 강요받곤 했습니다. 한반도 긴장으로 인해 선택지마저 좁아지고 있는 형국입니다. 김훈의 『남한산성』을 원작으로 한 영화 〈남한산성〉의 흥행에는 이런 민족사적 위기감도 한몫하고 있습니다. 영화를 보고 온 사람들은 척화파斥和派 김상헌과 주화파主和派 최명길의 입장으로 갈려 진지한 토론을 합니다.

척화냐 주화냐, 양자택일을 강요받는 민족은 불행합니다. 우리의 화두는 어떻게 진정한 강국을 만드느냐로 모여야 하지 않을까요? 중국, 미국, 일본의 새로운 전략구상에 비해 우리나라의 고민이 어쩌면 한발 늦었는지도 모릅니다. 세계의 눈으로 우리를 보는 것이 지혜롭습니다.

우리 꽃길만 걷자

영어
공화국에서
영어 못하기

우리나라가 영어교육에 투자하는 비용은 세계 최고입니다. 우리 세대만 해도 중고등학교 때 영어 단어와 숙어를 밑줄 쳐가며 달달 외웠고, 심지어 사법고시생들이 육법전서(六法全書)를 다 외우고 찢어 먹듯 영어사전을 통째로 외우고 나면 염소처럼 찢어 먹었던 기이한(!) 풍속도 전설처럼 내려옵니다. 왜 굳이 아까운 사전을 그것도 몸에 좋을리 없는 잉크와 함께 먹어치워야 했는지는 미스터리하지만, 어쨌든 영어단어 정복에 대한 경쟁은 대단했습니다. 영어단어와 문법이 곧 시험의 당락을 가르기 때문이었겠죠. 영어회화의 비중은 상대적으로 매우 낮았습니다. 현장의 영어 교사들이 실제 영어회화를 소화하지도 못했고요.

영어에 대한 투자는 거의 광풍처럼 젊은이들의 사교육 시장을 삼켜버립니다. 중고등학교 6년, 대학 4년이 부족해 취업을 앞두고 영어 학원 5~6년은 기본이라고 하니 사회적 비용과 시간을 고려하면 엄청난 에너지를 영어에 쏟고 있는 셈입니다. 그럼에도 영어권 외국인이 한국에 와서 겪는 어려움은 여전히 의사소통입니다.

내가 영어를 하는 외국인을 처음 본 것이 고등학교 1학년 때였습니다. 미국인 평화봉사단(Peace Corp)으로 한국에 들어왔던 John Nesneck였습니다. 나보다 몇 살 위였던 그는 상주 제일은행 뒤에 살고 있었습니다.

영어를 배우기 위하여 몇 번 찾아가 사진관에 가서 기념사진을 찍기도 하고 몇 마디 대화를 나눴지만 얼마 지나지 않나 그는 나를 무척이나 귀찮아했습니다. 그러나 당시는 영어회화 학원도 없을 때라 내 딴엔 이 방법이 최선이었습니다.

　어느 겨울날 그를 찾아갔는데, 가는 날이 장날이라고 그는 귀국준비로 여념이 없었습니다. 이삿짐을 바쁘게 포장하고 있었는데 도움이 되지 않는 고교생이 자꾸 말을 거니 상당히 짜증이 났던 모양입니다. 그가 버럭 큰 소리를 질러 두말도 못 하고 바로 돌아 나오며 민망해했던 기억이 납니다. 그런 일이 있은 후에도 나는 영어만큼은 꼭 배우겠다고 결심했습니다. 군에 가서도 미 문화원을 찾아다니며 비디오도 보았지만 내 귀엔 영어가 하나도 들어오지 않았습니다. 좌담회 형식의 동영상이었는데 동아대학교에 다니던 한 형은 이를 받아 적어가면서 진지하게 몰입하고 있어 상당히 부러워했던 기억이 납니다.

　그 이후로도 내가 영어를 자연스럽게 구사하기까지 많은 시행착오와 시간 낭비가 있었습니다. 내가 체험한 몇 가지 교훈을 소개할까 합니다.

　우선, 영어와 친해져야 합니다. 우린 원어민이 아닙니다. 영어를 완벽하게 구사할 순 없습니다. 미국 법정 드라마에서나 나올 법한 영어를 온전히 이해하는 사람은 많지 않습니다. 의사소통을 목적으로 해야지 완벽한 영어를 구사하겠다고 생각하면 영어 훈련의 길은 더욱 멀어집니다.

최근엔 강의식 학원이 아닌 쌍방향 비디오 채널로 매일 30분씩 대화하는 프로그램도 있고, 4명이 모여 한 주제에 대해 그냥 편하게 이야기하는 프로그램을 가진 학원도 많습니다. 될 수 있으면 영어권 인사와 이야기하며 영어 울렁증을 버려야 합니다.

팝송을 따라 하며 영어를 배우려는 친구도 있는데, 이 경우 비문非文, 즉 일상에서 전혀 사용하지 않는 시적 은 유나 비문법적 표현을 배우게 돼 나중에 고역을 치르는 경우도 있습니다. 미국 드라마를 시청하며 따라 하는 경우도 있습니다. 다만 드라마의 소재가 일상의 콩트를 다룬 것이어야 활용도가 높습니다. 〈하우스〉 같은 의학 드라마를 볼 필요는 없습니다. 웬만한 수준의 사람도 의학용어를 이해하진 못합니다.

영어 기초수준이라면 영어동화를 통해 익숙해지고 그다

음에 영어로 된 아동용 영화를 보는 것이 좋습니다. 예를 들어 〈겨울왕국〉이나 〈라푼젤〉, 〈포카혼타스〉 등을 보며 들리는 것과 들리지 않는 것을 확인하며 보는 방법입니다. 여기에서 중요한 것은 구조화된 언어(문구)를 수백 번 반복해서 자연스럽게 몸에 익히는 과정입니다. 즉 툭 치면 자연스럽게 튀어나오는 수준이 되어야 합니다.

둘째, 문법에 대한 강박을 버리는 겁니다. 앞서 이야기 했듯 처음부터 현지인과 같은 고급 언어를 구사할 수 없습니다. 고급 언어일수록 상당한 은유와 정교한 문법체계로 구성되어 있는데, 실세 영어권에서 이를 충실하게 사용하는 경우는 거의 없습니다. 영어권 지도자들의 의회연설에서나 찾아볼 수 있는 경우가 많습니다.

예를 들어 이런 겁니다. "나는 어제 텔레비전을 보며 저녁을 먹었다"와 "나는 저녁 먹으며 텔레비전을 보았다. 어제" 또는 "어제 저녁 먹을 때였어. 텔레비전을 봤어." 모두 의미가 통합니다. 우리가 한국에 온 외국인들이 한국 문법과 발음이 서툴다고 흉보지 않듯 영어권 현지인이 비영어권 사람의 서툰 영어를 흉보지 않습니다. 미국의 한 언어학자는 미국인에게 한국어 배우기가 아프리카 동부지역의 부족어인 스와힐리어 배우기보다 더 어렵다는 보고를 한 적 있습니다. 중국어나 일본어와 달리 우리에게 영어란 그런 것입니다. 문법체계와 어순, 관념체계가 전혀 다르기에 이를 완벽하게 조립해서 말을 하려면 아무 말도 못 하게 되는 것입니다. 우선 자신이 알고 있는 기본 단어를 내뱉어 바른 문법이 아니더라도 뜻을 전달하는 것이 좋습니다.

하지만 문법이 필요 없는 건 아닙니다. 언제까지 아이들 언어, 즉 baby talk를 할 순 없습니다. 문장을 통째로 외워 수백 번 반복하다 보면 어떤 구조화된 언어체계가 몸에 배게 됩니다. 즉, 초등학생이 말을 할 때 어떤 문법체계를 고려해 말하지 않듯, 영어도 자연스럽게 뇌에 구조화되어야 합니다. 어느 정도 익혔다 싶으면 오디오 북이나 영어 소설책을 보며 문법과 표현력도 한층 높일 수 있게 됩니다. 여기에 매력적인 표현과 현지인들이 쓰는 내용이 담뿍 담겨 있습니다.

셋째, 단어보다 쓰임새 많은 것은 일상어입니다. 일상

관용어를 통째로 입에서 뱉는 훈련을 많이 하면 단어와 숙어도 자연스럽게 따라옵니다. 한국 유학생에 대한 한 일화가 있습니다. 미국 마트에서 물건을 산 한국 청년이 듣도 보도 못한 말을 듣습니다.

계산대의 점원이 빠른 말투로 이렇게 묻습니다.

"페이퍼 오어 플라스틱(Paper or plastic)?"

귀에 들리는 건 페이퍼(종이)와 플라스틱이라는 단어뿐입니다.

청년은 머리를 굴려 답을 찾아냅니다.

'아하! 지폐(paper)로 계산할지, 카드(plastic)로 계산할지를 묻는군!'

청년은 비자카드를 내밀며 당당하게 말합니다.

"plastic please!"

"paper or plastic?"

사실 미국에선 너무나 일상적인 표현입니다. "종이에 담아드릴까요? 비닐 백에 담아드릴까요?"라는 뜻으로, 초등학생도 아는 생활용어죠. 영어권에서 사용하는 관용어를 통째로 익히는 것이 훨씬 도움이 됩니다. 같은 관용구는 모두 외워서 대화할 때 사용을 해보면 좋습니다. '우선은,' '처음에는'이라는 뜻으로 사용하는 숙어 To begin with와 같은 표현은 To start with, In the first place, First of all, Above all 등입니다. 워낙 자주 사용하게 되는 표현들은 상황만 바꾸어 사용하며 연습하면 좋습니다.

끝으로 가장 좋은 방법은 일상적으로 영어를 할 수 있는 환경을 만드는 것입니다. 원어민 친구와 사귀거나, 회화 스터디 모임을 하거나, 한국에서 관할 시청에 홈스테이 신청을 해서 이들을 데리고 관광 가이드를 하는 등의 노력이지요. 현지에서 일정 기간을 보내며 갖은 실수를 해가며 영어를 자신의 것으로 만드는 겁니다. 영어 공화국에서 영어를 못할 수 있는 가장 좋은 방법은 홀로 단어 숙어를 열심히 외우고 토익 공부에 매달리는 것입니다. 비용도 많이 들고 효과도 없습니다.

우리 꽃길만 걷자

낙화암
落花巖과
계백階伯

학창시절에 선생님이 낙화암에 관해 이야기해 주었습니다. 충남 부여에 가면 낙화암이라는 곳이 있는데, 나라를 잃은 백제의 궁녀 3천 명이 강물에 뛰어들어 자결했다고 했습니다. 언젠가는 꼭 한 번 가보리라 생각했습니다. 50년이 흘러 전남 영광의 란蘭 판매행사에서 돌아오는 길에 겸사겸사 아내와 여행을 떠났습니다. 부여에 도착해 숙소에서 하루를 보내고 다음 날 부소산성扶蘇山成을 거닐며 정겨운 대화로 데이트를 즐겼습니다. 단풍이 물들기 시작한 가을 초입이었습니다.

한 무리의 관광객들이 관광 해설사의 이야기를 듣고 있습니다. 우리도 놓칠 새라 이야기를 들었습니다. 백제의 마지막 왕인 의자왕은 비겁하게 도망치고, 삼천궁녀는 적의 노리개가 되느니 차라리 죽자며 서로 손잡고 낙화암에서 자결했다는 이야기였습니다.

어려서 호기심이 많았던 나는 이 이야기에 대해 의문을 가지고 있었습니다.

"정말 삼천여 명의 궁녀가 떨어져 죽었을까?"

낙화암에 도착하니 백마강은 유유히 흐르고 낭떠러지 끝에 서니 정말 뛰어내린 흔적이 보이는 듯 몸이 짜릿합니다. 백마강엔 유람선에 탄 이들이 이곳 낙화함을 보며 강물과 함께 처연히 흘러갑니다.

사실 삼천궁녀 이야기는 고려의 역사서 '삼국사기三國史記'에 등장하지 않는 민담일 뿐입니다. 다만 130년 늦게 나온 고려 국사國師 일연의 '삼국유사三國遺事'에 이곳에서 궁녀가 자결했다는 이야기만 스치듯 등장할 뿐입니다. 3천 명의

우리 꽃길만 걷자

궁녀 이야기는 어디에도 없습니다. '삼국사기'가 왕명王命으로 편찬한 고려의 정사正史에 가깝다면 승려 일연一然이 쓴 '삼국유사'는 몽골의 침략으로 만신창이 된 민심을 바라보며 쓴 책입니다. 민족혼과 교훈을 아로새기기 위한 집필자의 관점이 반영되어 있습니다. 삼국유사에 단군 이야기와 고조선 등의 상고사上古史가 나온 배경이기도 합니다.

초기에 성군聖君으로서 좋은 정치를 하던 의자왕이 후에 직언하는 충신을 죽이고 술로 세월을 축낸 것을 반면교사로 삼으라는 충고의 성격이 있습니다. 즉 옛일을 바탕으로 나라를 빼앗긴 오늘의 고려 정사에 경고하는 것입니다. 사학자들은 삼국유사에 실린 이야기가 당唐 현종의 삼천궁녀 이야기를 이후 사람들이 끌어다 썼고 이를 일연이 기록한 것으로 추정할 뿐입니다. 정절을 지키기 위해 목숨을 버린 삼천궁녀와 비겁하게 도망가다 사로잡혀 나중에 당唐의 포로로 살아야 했던 왕을 대비했을 때 아마도 의자왕의 무능을 극적으로 표현할 수 있었는지 모릅니다.

역사서란 집필자의 관점으로 과거를 평가하는, 승리한 자의 기록입니다. 패자와 역모에 실패한 자에 대한 기록은 상당한 비하로 가득합니다. 그래서 사학자들은 동일 사건에 대해 달리 기록한 사료史料의 가치가 금은보화보다 값지다고 합니다. 역사서 편찬 자체가 집필자의 정치적 목적에 의한 것이라는 점을 잊어선 안 됩니다. 하나와 둘로는 부족하고 늘 제3의 시료가 풍부해야 고증할 수 있다는 말이기도 합니다.

5천 결사대를 이끌고 5만의 신라군에게 전멸당한 계백에 대한 평가 또한 달리 볼 수 있습니다. 백제 충절의 상징으로 알려진 계백의 모순된 행동 때문입니다. 계백은 출전을 앞두고 "살아서 적군에게 노리개가 되느니 차라리 내 칼에 죽어라" 하며 가족을 모두 죽이고 결사전을 이끕니다. 또한 황산벌에서 나이 어린 화랑花郎 관창官昌이 단신으로 들어와 잡혔을 때 살려 보내고 재차 잡았을 때 죽여 시신을 말에 실어 돌려보냈다고 하죠.

이 행동의 모순을 짚는 사학자들도 있습니다. 전쟁에서 이기겠다는 장수가 어떻게 자신의 처자식을 몰살하며 병사들에겐 이기겠다는 메시지를 줄 수 있느냐는 말입니다. 오히려 승산 없는 전쟁이지만, 나라와 왕을 위해 장렬히

우리 꽃길만 걷자

죽자는 순장殉葬의식이 더욱 정확한 개념일 것이라는 지적입니다. 또 자신의 처자는 죽이면서 신라 적장의 아들 관창은 살려 보내는 것이 타당한 군사전술이냐는 지적도 있습니다. 신라 정벌군 좌장左將의 아들이 무모하게 돌진했을 때 그냥 죽이는 것이 현명했을 것이라는 주장이죠.

지금의 사료로만으로는 그때의 일을 모두 알 순 없는 노릇입니다.

왜장을 끌어안고 몸을 던졌다는 논개 이야기나, 삼천궁녀 이야기, 여인의 행주치마에 돌을 담아 왜적을 물리쳤다는 행주산성 이야기, 임진왜란 이후 전국 곳곳에 여인의 정절을 기리기 위한 홍살문紅箭門을 세운 것 등에서 확인할 수 있는 것이 있습니다. 전쟁의 참화를 가장 끔찍하게 받아들여야 했던 계층이 바로 여성과 어린이 등의 노약자였다는 사실입니다.

2차 세계대전 때 독일군에 의해 맹폭 당한 영국 맨체스터엔 '제국전쟁박물관 북관(Imperial War Museum North)'이 있습니다. 건축적 관점으로도 세기의 역작이라 주목받는 건축물입니다. 이곳엔 세계대전에 대한 각종 사진자료와 영상자료가 있습니다. 승전국인 영국이 1, 2차 세계대전을 기념했기에 박물관엔 응당 나치와 전쟁에 동원된 독일인들을 적으로 묘사할 것이라는 선입견은 이곳에 가면 산산이 깨어지고 맙니다. 놀랍게도 이 박물관에는 전시에 동원되었던 여성 노동자와 가정을 잃은 아이들, 히틀러의 자상한 사진과 공포에 질린 병사의 눈동자 같은 것으로 가득 차 있습니다. 가장 취약한 계층의 시선으로 본 전쟁의 모습입니다. 전쟁이 인간을 어떻게 변화시켰는지를 추적합니다. 일상을 통해 전쟁을 보았기에 어떤 이데올로기보다 압도적이며 교훈적입니다.

낙화암의 삼천궁녀 이야기 앞에서 아이들에게 '충절'을 가르칠지, '역사'에 접근하는 시선을 일러줄지, '전쟁과 평화'라는 보편적 가치관을 가르칠지, 이 중 정해진 건 없습니다. 중요한 건 하나의 사물 현상에 늘 하나의 답만 있는 건 아니라는, 새롭게 생각하는 힘 아닐까요.

우리 꽃길만 걷자

세상
좁습니다

20년 전 아들과 서울 여행을 한 적 있습니다. 아이가 거제도에서만 자라 한강이나 남산도 보지 못하고 살았기에 안목을 높여주고 싶었습니다. 고속버스로 부자 단둘이 떠나는 여행의 묘미가 있더군요. 서울에는 3명의 동생과 가족이 살고 있었지만, 괜한 부담을 주기 싫어 알리지 않았습니다. 사람의 물결로 넘실대는 명동거리를 걸어보고 남산 서울타워 전망대에서 야경도 구경했는데 아들이 무척이나 즐거워했던 기억이 납니다.

휘황한 야경을 보고 남산 내리막길을 내려오는데 저만치서 낯익은 이들이 걸어오고 있었습니다. 놀랍게도 막내 아우네 가족이 남산 나들이를 왔습니다. 우리도 놀랐지만, 동생네 식구들은 어리둥절하다 한동안 흥분상태였습니다. 서울 남산에서 거제에 사는 형과 조카를 영문도 모른 채 만났으니까요. 비율로 따진다면 복권에 당첨될 확률 정도가 아닐까요?

놀라운 경험은 이뿐만이 아닙니다. 우리 부부는 매년 건강검진을 위해 서울로 올라갑니다. 위내시경과 대장내시경을 해야 하기에 동생네 가족에게 알리지 않고 갑니다. 아무것도 먹지 못하는 상황이라 몸도 힘들고 소주 한 잔을 할 수 없으니 그냥 검진만 하고 오는 것이죠. 이른 아침 병원으로 가는 지하철을 타고 가고 있는데, 갑자기 "형수님!" 하는 소리에 몸을 돌렸더니 바로 밑 남동생이었습니다.

이런 일을 두 번이나 겪고 나니 처음에는 신기하다고만 생각했는데, 나중에는 세상 그 수많은 찰나의 순간이 교차하는 대목에서 혈육이 당긴 것이 아닌가 하는 생각까지 들더라고요. 이런 일을 겪은 사람이 더러 있나 봅니다. 인터넷 포털에는 서울에서 우연히 아는 사람을 만나거나, 예비군 훈련소에서 군 생활 동료를 만날 확률을 통계학자에게 묻는 이들이 꽤 됩니다. 얼마나 신기했으면 이런 질문을 던질까요. 더 재미난 건 통계학도들이 달라붙어 본인이 서울에서 아는 사람과 서울에서 머문 시간, 서울 체류 기간 중 만난 사람의 추정값, 서울의 총인구, 자신과 상대방이 지금까지 살아온 기간 등을 정성껏 계산해서 0.00000000XXX가 넘는 값을 올린다는 겁니다. 웃음이 났습니다.

이제 서울에 사는 있는 여동생만 우연히 만나면 기적과 같은 남매 상봉이 모두 실현됩니다. 세상 참 좁습니다. 이 놀라운 만남을 놓고 난 엉뚱한 생각을 하곤 합니다. 만약 내가 바람을 피워 다른 여성과 단둘이서 밀회를 하다 아는 사람을 만났으면 얼마나 아찔했을까 하는 상상입니다. 뭐라고 둘러댔을까.

바람난 한 부부에 대한 우스운 이야기가 있습니다. 부부생활이 식상해진 한 여성이 바람을 피웠습니다. 외간 남자와의 밀회는 잦아졌습니다. 그날도 평소와 다름없이 남자와 함께 호텔 로비에 들어선 여성은 화들짝 놀랍니다. 로비 저쪽에서 남편이 다른 여성과 함께 내려오는 것이 아니겠습니까? 남편이 아내를 발견하고 흠칫 놀라 머뭇거릴 때 아내는 오히려 남편을 손가락으로 가리키며 내연남에게 소리칩니다.

"형사님, 저 사람이에요. 간통범으로 체포해주세요!"

사람에겐 언제든 유혹이 찾아옵니다. 이 미혹迷惑의 순간은 너무나 아찔해 정신을 놓을 수 있습니다. 나는 그때마다 탐닉 뒤에 신부님 앞에서 고해성사할 것을 생각하곤 합니다. 혼미한 순간 어깨를 치며 깨우는 죽비가 또 하나 생긴 셈입니다. 바르게 살고 볼 일입니다.

직장에서 만나 한눈에 반해 사랑에 빠진 여성이 나중 알고 보니 어릴 적 헤어진 소꿉동무더라. 이럴 때 사람들은 '운명적 사랑,' 내지는 '신의 의도'라고 합니다. 군 시절 자신이 괴롭혔던 후임병을 직장 상사로 대면하게 되면 '운명 참 얄궂다'고 하죠. 사랑하다 헤어졌던 연인을 형의 상견례 자리에서 "형수 될 사람"이라고 소개받으면 이건 가혹한 '운명의 장난'이라고 합니다. 객관적으론 '필연'을 운명이라 하지만, 사람은 '우연'으로 인한 기막힌 만남을 오히려 운명이라 믿습니다.

모든 운명은 스스로 개척하는 것이라 하지만, 인생은 인연의 거미줄 속 우연과 필연이 교차하며 이루어집니다. 그래서 사람들이 말하길 "인생은 뜻대로 되지 않는 것"이라 하는지도 모릅니다. 만일 사람의 운명이 노력과 의지력에 정확히 비례한다면 인생의 묘미가 없습니다. 이것은 마치 권선징악勸善懲惡의 원리가 현실을 100% 지배하지 않는 것과 같습니다. 희대의 악인惡人이 후대에 이르러 저주받을 순 있어도, 오래오래 죽지도 않고 영화를 누리며 살다 자연사하기도 합니다. 인생에서 불확실성은 늘 상존하고 오랜 노력이 배신당하기도 합니다. 반대로 암흑의 길에서 뜻하지 않은 빛줄기가 내려오기도 하고 구렁텅이로만 생각했던 맨땅이 새로운 인생을 위한 반석이 되기도 합니다.

중세 한 위인의 이야기입니다. 그는 옳은 일을 하다 사악한 이들의 모함에 몰려 온갖 더러운 혐의를 뒤집어쓰고 수감되었습니다. 그의 제자들은 '그래도 정의는 승리한다.'는 소박한 믿음으로 십 년, 이십 년 그렇게 세월을 견뎠습니다. 그러나 세월이 더 견뎌 찾아온 것은 정의가 아닌 더 가혹한 수난이었습니다. 얼마나 억울했던지 하루는 제자가 감옥에 누워있는 스승님에게 물었습니다.

"스승님, 정말 신이 존재하는 겁니까? 어떻게 저런 살인자 무뢰배들이 천벌을 받기는커녕 호가호위하며 아직도 살아있을 수 있습니까? 신의 뜻이 과연 있기나 한 걸까요?"

흐느끼는 제자에게 스승은 다 죽어가는 목소리로 이렇게 말했습니다.

"이보게, 신이 모든 걸 다 해주신다면 인간은 할 일이 없지 않나."

신이 내린 운명이 존재할지라도 신은 늘 인간의 몫을 남겨둔다지요. 우연과 불확실성, 어쩌면 이것이 인간을 인간답게 만드는 신의 질료였는지도 모릅니다. 그래서 인생의 묘미는 반전反轉에 있다고 하는지도 모르겠습니다.

우리 꽃길만 걷자

타인과의
거리

외국인이 한국에 와서 겪는 어려움 1위가 놀랍게도 '무례함'입니다. 길을 가다 어깨가 부딪혀도 죄송하다는 사과 없이 갈 길 가는 사람들. 피부색이 검으면 첫마디가 반말이고, 나중에 주한 프랑스 대사관에서 근무하고 있다고 밝히면 언제 그랬냐는 듯 예의를 차리며 와인으로 화제를 옮기는 '인종차별' 문화를 보고 질려버렸다고 하죠. 출근길 지하철에선 사람을 힘으로 밀치며 전진하는 사람을 접하고, 앞차와의 차간 거리 없이 레이서 수준의 운전을 하는 것도 놀랍지만, 그 비좁은 틈을 후방에서 끼어들어 급

정거하는 교통문화는 거의 전쟁터의 스트레스를 준 정도라고 합니다. 승강기에 들어와 옷깃이 닿을 듯이 서서 자신만의 공간을 확보하고 있는 이들을 보면 한국인의 '공간 개념'은 너와 내가 없이 죄다 붙어 섞인 것 같다고 푸념합니다.

고속도로에서 마치 경주를 하듯 질주하는 차들을 보면 가슴이 조마조마합니다. 방향지시등도 안 켜고 좌우로 끼어들기를 반복합니다. '저러다 돌발정체에 십중팔구 연쇄추돌 사고가 나지' 라고 생각한 적이 한두 번이 아닙니다. 메이저리그 프로야구 선수들의 구속球速이 130-150km/s 정도 되는데 사실 이 공은 타자 눈에 정확히 보이는 것이 아닙니다. 오랜 훈련을 통해 순간 동체시력으로 대응하는 것입니다. 그런데 170km로 질주하며 운전자가 돌발상황에서 자신을 통제할 수 있을까요? 질주하는 차량을 급제동하면 십중팔구 전도되거나 지그재그로 요동칩니다. 그차에 받힌 차는 액션 영화처럼 공중에서 회전해 전도됩니다.

서열로 얽힌 情 문화도 이들을 당황스럽게 만듭니다. 난

생처음 배우는 존댓말도 생소했지만, 만나면 먼저 나이와 고향, 결혼 여부를 확인하는 호구조사에 당황합니다. 자신의 개인정보를 처음 만난 이에게 밝힐 의무는 없지만 응당 한국에 왔으니 한국문화를 따라야지 하며 생소한 질문에 답변하게 합니다. 어느덧 술자리가 익으면 반말로 앞으론 형님이라 부르라 하며 연배에 따라 서열을 정리해 줍니다. '호형호제呼兄呼弟'하는 순간 이들도 자연스레 한국의 가족문화에 편입하게 됩니다. 이렇게 서열이 정리되고 같은 편이라는 것이 확인된 후에 한국인이 보이는 관심과 애정, 그 살가움은 놀라울 정도라고 입을 모읍니다. 물리적 거리를 아예 두지 않으려는 사람도 있습니다. 지인 중에는 나를 가깝다고 생각해 옆에 붙어 이야기하는 분이 있는데 너무 얼굴을 들이밀어 이야기하니 얼굴에 뛰는 침을 닦아내느라 곤혹스러웠던 경험이 있습니다.

언제부터인가 우린 이렇게 붙어서 섞여 있으며 타인의 삶에 깊이 개입하고 있습니다. 하버드 대학에서 철학을 공부하며 한국인 특유의 한恨과 정情문화를 연구한 박사가 있습니다. 이민 2세대인 그는 다른 문화권 어디에도 없는 한국인의 한限을 파고들었습니다. 그가 한국인의 문화를 공부하며 발견한 것 중 하나는 바로 '공간감각'에 대한 것입니다. 크지 않은 영토, 제한된 거주공간에서 지내던 한국인이 분단 이후 더욱 좁아진 땅덩이에서 구축한 오밀 조밀한 빌라와 아파트 주거문화가 한국인의 밀집문화를 가져왔고 이것이 타인과의 거리에 대한 공간감각에도 영향을 미쳤다고 합니다. 한국인의 인간관계엔 타인과의 거리, 즉 안전할 수 있는 공간이 없다는 주장입니다.

한국 특유의 정은 타인의 삶을 속속들이 알아야 친한 사이로 발전하고 이것이 나중 타인의 삶에 관여하며 미주알고주알 관여하는 '무례'로까지 발전했다는 겁니다. 타인의 생각과 생활방식, 선택을 존중하지 않는 끈끈한 강요문화의 원천이 여기에 있다는 그의 주장을 모두 공감하긴 어렵습니다. 영토가 어마무시한 중국의 화장실 문화, 우리만큼 밀집한 영국의 런던, 이탈리아의 로마의 밀집문화를 생각하면 타인과의 거리가 반드시 영토나 공간개념과 일치한다고 보기는 어렵죠.

하지만 그 철학박사가 한국사회에 권한 권고는 되새겨볼 필요가 있다고 생각합니다. 타인과의 적절한 거리가 필요하다는 겁니다. 여기서 타인의 범위에는 가족도 해당합

우리 꽃길만 걷자

니다. 부모와 자식이 가치관이 같을 수 없고 생활습관과 추구하는 삶이 같을 수 없습니다. 또한 전후 세대의 경쟁형 가치관을 다원화된 자식 세대가 관여한다고 잘 바뀌지도 않습니다. 너무나 가깝다는 착각에 상대를 규정하고, 상대의 삶에 개입하려는 순간 갈등이 시작됩니다. 특히 부모가 서울대나 하버드대 정도의 출신에 자수성가한 경우 자식들이 느끼는 압박감은 상상을 초월합니다. 아이가 태어나면 육체적으론 탯줄을 잘라 어미의 품에서 내보내지만, 정서적으론 그 감성의 탯줄만은 질기게 잡고 있어 언제나 가슴 한쪽이 묵직하고 답답한 화병으로 자랍니다. 대부분의 한국인은 자신이 앓고 있는 이 정신적 상처를 잘 모르고 살아간다고 합니다.

부부간에 불화가 잦고 자식 또한 만족스럽지 않고 고통스러울 때 우리 어머니들이 늘 하는 말이 있습니다.

"넌 도대체 누굴 닮아 이렇게 게으르니?"

"피는 못 속인다더니, 어쩜 하는 짓이 네 아빠랑 똑같니?"

"서방 복 없는 년은 자식 복도 없다더니, 내가 그렇구나."

물론 아이에게 해선 안 되는 말입니다. 그런데 유독 엄마들이 이런 신세 한탄을 핏줄과 연관시켜 할까요? 사실 엄마들은 가부장적인 사회에서 일방적인 희생을 강요받아 왔습니다. 심지어 결혼 상대도 부모들이 골라주는 경우가 많았죠. 자신이 주체적으로 선택하지 않은 결과를 자신이 책임져야 하는 것은 물론, 자신의 어머니 세대로부터 역시 "여자는 다 그렇게 산다. 참아야 한다."라는 말을 수없이 들어왔습니다. 이렇게 주입받은 숙명적 인생관은 결국 가슴에 한恨으로 남아 다시 자식에게 돌려줍니다.

사회에서의 대인관계 또한 마찬가지입니다. 타인의 삶을 존중하는 것으로부터 우의가 시작되지만, 우리 사회는 그렇지 않습니다. 잘 모르면 존중하고, 좀 안다 싶으면 적극적으로 간섭합니다. 여기에 우리의 정과 서열문화까지 연결되면 대부분 선배나 선임자가 후배의 업무를 감독하는 것을 넘어 사생활과 가치관까지 바꾸려는 독단으로 자라기도 하죠. 직장상사라는 이유만으로 부하직원의 집안 내력과 주말 활동, SNS에 올린 친구에 대한 이야기 등 모든 것을 물어보기도 합니다.

우리 꽃길만 걷자

사람 간에 적절한 거리, 그 거리만큼의 공간이 사람의 주체성을 보호합니다. 그 공간만큼이 아마 서로가 자유로울 수 있는 영역일 것입니다. 그래서 우린 많은 벗들 중, 어려울 때 그저 묵묵히 이야기를 들어주며 공감해줄 수 있는 '그 친구'를 사랑하는 것인지도 모릅니다. 타인의 말을 끊지 않고 그저 들어주는 것, 때로는 자기가 말할 기회가 없어도 웃음과 침묵으로 곁에 있어 주는 사람은 얼마나 매력적입니까.

방울방울
추억이 꼬리를
무는 날

어렸을 때 한마을에 살던 작은집 할아버지는 가끔 우리 집에 와 저를 부르셨습니다.

"희수야, 나 머리 좀 깎아다오."

이렇게 어린 내게 머리를 맡기곤 하셨습니다. 몇 년을 그렇게 깎아드렸지요. 하지만 어느 날인가 그날따라 홀로 마구간 옆에서 사시는 할아버지 몸에서 나는 퀴퀴한 냄새와 찌든 담배 냄새가 그렇게 싫었습니다. 그래서 저만치서

뒷짐을 지고 오시는 할아버지를 보고 숨어버린 적이 있었습니다.

참 이상한 일입니다. 어찌 보면 유년기에 있을 법한 일이고 큰 사건도 아닌데, 가끔 그 일이 생각나곤 합니다. 작은할아버지가 돌아가셨을 때 나는 누구에게도 말하지 못한 그 날의 미안함을 가지고 울었습니다. 그래서 각인되었는지도 모릅니다. 그땐 마을에 상_喪이 나면 그 집 지붕에 하얀 옷을 던져놓았습니다. 하얀 옷이 처연하게 걸쳐있는 초가집엔 늘 곡소리가 났습니다. 작은할아버지 생각은 할아버지의 상여 나가는 날로 이어지고, 또 그러다 보면 친할아버지가 생각납니다.

내 고향 마을 딩골은 낙동강 지류인 영강 바로 옆입니다. 장마가 올 때 불어난 물을 타고 주변에서 살던 물고기들이 가뭄을 만나면 이곳저곳 웅덩이에서 퍼덕였고, 이놈들을 잡아 매운탕을 끓여 먹곤 했습니다. 언제인지는 정확히 기억나지 않지만 할아버진 장손자인 나를 껴안고 알몸으로 물에 들어갔습니다. 그래도 뚜렷이 기억나는 건 생소한 연못물에 대한 두려움에 할아버지 품으로 파고들며 느꼈던 따뜻했던 맨살 감촉입니다.

그리고 할머니. 우리 까망 할머니는 어린 나를 업고 들판에도 나가셨는데, 한 곳을 가리키며 뿌듯한 음성으로 말씀하셨습니다.

"희수야, 저기 저 논이 우리 논이란다."

아주 어린 시절이지만 노랗게 물결치던 논과 얼굴로 불어오던 가을바람이 기억납니다.

할아버지의 비밀창고는 큰 방 천장 위에 있었습니다. 시골이라 술을 사러 가자면 시내까지 20리 길이었습니다. 할아버진 몰래 빚은 막걸리 단지를 천장 위에 보관하셨습니다. 면사무소에서 밀주(密酒) 단속이 뜨면 나는 방에서 할아버지가 드시던 막걸리 단지를 천장 위에 숨겨놓았습니다. 이런 일은 여러 번 반복되어 나중에 동네 어르신이 '면사무소에서 술 조사한다'고 일러주면 무척이나 능숙하게 처리하며 일종의 쾌감 같은 것도 느꼈습니다. 가끔 양조장 아저씨가 읍내에서 막걸리를 드럼통에 담아 말수레에 얹고 이곳 마을까지 오곤 했습니다. 말을 그때 처음 보았습니다.

  할아버지의 비밀창고는 어머니의 창고이기도 했습니다. 어머닌 늘 조청을 작은 단지에 담아 다락에 숨겨놓으셨습니다. 하지만 어머니가 들에 나간 시간 동안 우리 남매는 늘 집 안 구석구석을 뒤져 결국 꿀단지를 찾아내 퍼먹곤 했습니다. 순서대로 올라가 몇 숟가락을 퍼먹으면 어느새 줄어들은 꿀단지를 보며 가슴 졸이곤 했습니다. 분명 어머니는 조청이 줄어든 것을 아셨는데 별 내색이 없으셨습니다.

  어머니의 조청이 떠오르면 어머니 품과 닮았던 고모가 생각납니다. 색동저고리 고모는 초등학교 방과 후 늘 나와 놀아주었습니다. 고모네 집 논에서 천막을 치면 나는 고모와 작은아버지 앞에서 노래를 뽑았습니다.

'새야 새야 파랑새야 녹두나무 앉지 마라
녹두꽃이 떨어지면 청포장수 울고 간다.'

물론 이 노래가 동학농민군의 장수였던 정봉준과 농민군의 떼죽음을 추모하는 의미라는 것을 알 턱이 없었습니다만 지금도 노래가 정확히 기억납니다. 어느 날 장티푸스에 걸린 고모의 가슴에 의사가 청진기를 대고 심각한 표정으로 진찰하던 기억이 지금도 남았습니다. 나와 함께 뛰며 놀아주던 고모는 더 이상 뛸 수 없었고, 누워있는 날이 늘더니 아예 거동도 못 할 정도로 쇠약해졌습니다. 고모가 죽었다는 말을 듣고 마당에 나가니 작은집 할아버지가 뼈만 남은 고모의 시신을 지게에 얹어 걷고 있었습니다. 난 너무 어려서 아직 죽음과 이별의 의미를 깨닫지 못했습니다. 눈물도 없이 고모의 시신을 멀뚱멀뚱 보기만 했습니다.

그렇게 가을볕을 쬐며 고향을 그리워할 때마다 따라오는 기억들입니다. 향수鄕愁에 젖어 끊임없이 달려드는 추억들에 버거워하다 다시 당장 급한 일을 떠올리며 사무실로 향하곤 합니다.

별것 아닌 것 같은 추억들이지만, 이런 기억들이 쌓이고 가족과 친지에 대한 그리움이 모여 내 정서의 원형질을 만

우리 꽃길만 걷자

든 것 같습니다. 성년이 되어 세파에 치이고 고단해도 비뚤어지지 않을 수 있었던 건 이런 기억 덕분이지 않을까 생각합니다. 여러분도 옛 추억이 떠오르면 그 기억의 단상을 끊지 말고 방울방울 생각나는 이들을 떠올려보는 건 어떨까요.

두근두근,
남들 앞에
서기

　삼성중공업 시절 부서장을 대상으로 하는 영어 경진대회가 있었습니다. 별것 아닌 것 같아도 남들 앞에서 나의 영어 실력을 보이고 평가받는다는 사실에 경진대회가 다가올수록 긴장은 더욱 높아졌습니다. 더구나 영어권 나라에서 배를 발주하는 선주船主들이 와서 본다고 하니 이건 우리말로 발표한다고 해도 진땀 나는 상황이었습니다. 당시 파트장 중 나만 유일하게 삼성연수원 외국어생활관 출신이라 잘해야 본전인 셈이었죠.

다른 파트장들은 영어문장을 통째로 암기해 이를 활용하기도 했습니다. 나는 암기에 소질이 없고, 또 외운 영어는 한 번 말문이 막히면 도리가 없기에 그저 있는 실력 그대로 발표하기로 마음먹었습니다. 경진대회는 발표자의 발음과 문법, 어휘력을 종합적으로 평가합니다.

드디어 경진대회 날. 겨울이었지만 손에선 땀이 멎지 않았습니다. 선주들은 웃으며 우릴 맞아주었지만 연단에 나서야 했던 우리들은 너나없이 '어디 징용 끌려가는 것처럼' 로봇이 되어 연단에 올라야 했습니다. 포인터(붉은 레이저를 프리젠테이션 화면에 쏘아 표시하는 기구)를 쥔 손이 발발 떨려 화면을 온통 어지러운 불꽃놀이(?)로 물들이는가 하면, 그 떨리는 손을 어찌하겠다고 허리춤에 올려 고정해도 떨림이 멎지 않아 경연장을 온통 긴장으로 몰아넣었던 참가자가 있었습니다. 물을 아무리 들이켜도 입안은 바싹 말라 목까지 아파왔습니다.

시선을 어디에 둘지 몰라 발표가 끝날 때까지 객석 중 한 사람만 노려보다 내려오는 참가자 (그 관객은 얼마나 민망했을까요). 긴장한 나머지 시제時制를 모두 바꿔 과거·현재·

미래를 모두 넘나들며 발표해 무슨 말인지 모르게 만들어 버린 참가자. 혀가 굳어 '씨크릿'을 '씨크리트'로 또박또박 정직하게 읽다 내려오는 참가자 등 아주 가관이었습니다. 나는 중상中上 정도의 수준이었습니다.

발표가 끝나자 너나없이 녹초가 되어 있었습니다. 무척이나 괴롭고 민망한 기억이지만, 영어 프리젠테이션은 유능한 리더가 되기 위한 중요한 기술입니다. 이후에도 차장, 과장급을 대상으로 한 영어 경진대회는 계속 이어졌는데, 나는 남다른 발표실력을 가진 후배들을 눈여겨 보았고, 회사에서도 응당 그 청년에게 더 많은 해외 출장 기회를 주곤 했습니다. 남들 앞에 서기. 그것도 영어 발표를 잘하기 위해선 몇 가지 준비가 필요합니다. 물론 영어 실력이 하루아침에 좋아질 순 없습니다. 나머지 영역에서 효과적인 기술이 필요합니다.

우선 콘셉, 즉 기획에 대한 문제입니다.
말하고자 하는 핵심 메시지와 이미지만을 나열시키고 나머지 잔가지들은 모두 빼는 것입니다. 설명이 길어지면 지루하고, 이미 앞에서 언급한 내용을 부연하면 더욱 지루해집니다. 두괄식, 즉 먼저 결론을 이야기하고 그 근거와 예시를 드는 방식으로 할지 아니면 하나의 재미난 이야기(에피소드)를 던져 흥미를 유발하고 나서 자신의 이야기를 풀어갈지에 대한 판단도 중요합니다. 이야기를 이어가는 스토리텔링 방식으로 할지, 첫째, 둘째 하며 핵심을 강조하는 개조식個條式으로 할지에 대한 문제도 초기 기획단계에서 결정됩니다.

둘째, 원고를 보지 않고 말할 수 있을 정도의 숙달입니다. 우리말로 하는 강연도 직업 강사들은 한 번을 위해 20번 이상의 리허설을 한다고 하죠. 호흡과 발성 모두를 조절합니다. 영어는 더욱 그렇습니다. 남들에게 잘 들리게 하기 위해선 입안을 둥글게 벌리고 정확히 발음하는 것을 반복해야 합니다. 마지막 발표 당일엔 간단한 목차와 키워드카드 정도만 들고나와야 합니다. 원고를 보고 읽는 발표라면 굳이 이걸 발표라 할 필요가 없습니다. 원고를 나눠주는 것이 훨씬 효율적이겠죠. 화면이 넘어갈 때 굳이 화면을 보지 않고 말을 할 수 있는 정도가 되면 청중은 발표자가 확실히 준비되었다고 느끼게 합니다.

셋째, 긴장과 울렁증 문제입니다. '발표 불안증세'라고도 합니다. 발표 때 가장 어려운 점이 시선 처리, 손 처리입니다. 앉아서 발표연습을 하다 현장에서 크게 긴장하는 이유가 여기에 있습니다. 당연히 연습 또한 서서 해야 합니다. 가상의 청중을 염두에 두고 말이죠. 발표에 나서기 전 발표장의 객석 몇 개를 미리 선정해 시선 둘 곳을 준비하는 것도 도움이 됩니다. 처음 좁게 보였던 시선이 점차 확대되는 것을 느낄 수 있습니다. 객석 청중의 눈빛과 표정이 보이면 긴장은 자연스레 해소됩니다. 손동작은 정해둔 지점에서 합니다. 발표가 농익으면 동작이 커지고, 위축되면 어떤 동작도 안 나옵니다. 이를 하는 이유는 몸이 풀려야 마음이 풀리는 원리 때문이기도 합니다. 호흡도 매우 중요한데 복식호흡을 연습하면 큰 도움이 됩니다. 일반 흉부호흡보다 30% 이상의 호흡량을 주기에 발음을 안정시키고 발성이 길게 뻗어 나갑니다.

마지막으로 가장 중요한 점은 당당함입니다. 발표의 목적이 심사를 위한 것이든, 입찰경쟁을 위한 것이든 자신의 메시지를 효과적으로 전달하기 위해선 당당함에서 나오는 단호함이 있어야 합니다. 전문 강사들은 이를 '기 싸움'

우리 꽃길만 걷자

이라고도 합니다. 들으러 온 사람들 앞에서 말하러 온 사람이 주눅 들면 청중에게 압도되어 모든 것을 망치고 만다는 것이죠. 청중의 반응에 지나치게 신경 쓰면 자신이 할 말을 못하고 나옵니다. '큰 소리로 여유 있게 할 말 다 하고 나온다.' 이런 뱃심이 무척 중요합니다.

물론 남들 앞에 자주 서고 이를 즐기기 시작하면 상당한 수준의 발표를 할 수 있습니다. 즉 청중을 쥐락펴락하는 언어의 마술사로까지 발전할 수 있죠. 문장과 어순이 좀 틀리면 어떻습니까? 연습이라고 생각하고 과감하게 도전해 볼 일입니다.

소주 빈 병이
예사롭지
않은 날

몇 년 동안 다니던 자동차 회사를 그만두고 늦깎이로 대학진학을 했을 때였습니다. 전역도 하고 사회생활을 하다 진학했기에 학과에선 두 번째로 나이가 많았습니다. 모아놓은 돈도 없이 매일 굶주리며 학교에 가야 했죠. 아래 동생들이 모두 학교에 다니고 있어 언감생심 부모님께 생활비를 달라는 소린 꺼내지도 못했습니다.

학교에 근로장학생 신청을 해서 복도나 화장실 청소를 하면 매달 5만 원을 받을 수 있었습니다. 당시 나에게 이 돈이 얼마나 소중했는지 월급 받는 날이면 다시 이번 달을 살아갈 수 있다는 생각에 행복했습니다. 이 돈을 담당 교수님으로부터 받았는데 월급을 타는 날이면 교수님은 술 한 잔이라도 사라는 투로 말씀하시곤 했습니다. 눈치가 없었던 건 아니고 워낙 생활이 다급했기에 그저 '허허' 하고 머리 긁으며 돌아서곤 했습니다.

그 때 나는 부산 부곡동 언덕 위에 낡은 방을 얻어 살았는데, 근로장학금으로 받은 5만 원 중 상당액을 달세로 내야 했습니다. 그 때 나의 관심은 오직 돈벌이였습니다. 주인집 일가족은 모두 돈을 벌고 있었습니다. 할머니는 도라지 껍질을 까거나 약초 뿌리를 다듬은 일을 하며 한약방에서 얼마간의 돈을 받았고, 아주머니는 동산동 공장에서 월급을 받았습니다. 아저씨는 사천공사 현장에서 일하며 월급을 받아 오는 것을 보면서 그들과 상반된 무일푼의 내 처지를 무척이나 부끄러워하곤 했습니다.

쌀을 씻어 밥을 하면 주로 간장이 반찬이었고, 어쩌다 양파를 볶아 먹는 것이 식생활 전부였습니다. 대학을 나와도 잘 된다는 보장은 없었습니다. 그래도 매일 소형 라디오에서 흘러나오는 AFKN 방송을 들으며 영어 연습을 했습니다. 나중에 돈을 벌면 월세를 내지 않아도 되는 전세를 얻고 싶었습니다. 한 달에 다만 10만 원이라도 저축해 모은 소박한 재산을 가지고 싶었죠.

삼성에 입사하고 나서도 내 집 마련의 꿈을 쉽게 이루지 못했습니다. 한참이 지나서야 처음으로 내 땅을 살 수 있었습니다. 고생 끝에 낙인 줄 알았더니, 고생 끝에 막장이더군요. 도로도 상수도도 들어오지 못하는 맹지盲地를 속아서 구입했습니다. 집안의 모든 재산을 털었고, 매달 대출이자를 내야 했기에 그야말로 비참한 처지가 되었죠.

한 번 돈에 몰리니 단돈 천 원이 아쉬웠습니다. 출퇴근도 운동 삼아 걸어 다니곤 했습니다. 그때 눈에 들어온 게 빈 병이었습니다. 새벽에 나가면 누군가 버려둔 소주 빈 병들이 가로등 아래 있었습니다. 나는 이걸 집 베란다에 모아 일주일에 두 번씩 대형마트에 들고 가 팔았습니다. 한 번에 2,500원 정도씩 받았습니다. 당시 마트 사장과는 구면이었고 마트 사장 아들이 우리 아파트 같은 동에 있었기에 서로 반갑게 인사하는 사이였습니다. 하지만 자주 빈

병을 한 아름 들이밀자 사장은 무척이나 번거로웠던 것 같습니다. 나중엔 인사조차 하지 않더군요. 그때 그만두었습니다. 이게 뭐 하는 짓인가 싶기도 하고, 나보다 더 어려운 분들의 몫을 내가 가로챈다는 창피함도 있었습니다.

나중 돈을 어느 정도 모아 건물을 지었고 입주자가 들어왔습니다. 우리 다세대 주택 입주자 몇 분은 월세가 이미 10개월이나 밀려 있습니다. 나 역시 매달 은행에 이자를 내야 하지만 이분들은 오죽 힘드셨으면 저럴까 싶어 독촉도 하지 못하고 있습니다. 길에서 우연히 만나면 서로 민망하기만 합니다. 작은 건축사무실을 운영하다 잘 안되어 사무실 임대료도 못 낸다는 처지를 듣고 나니, '다만 조금이라도 내라'는 말이 나오지 않습니다. 그 집엔 아이들도 있습니다.

어느 날 그 집 아주머니가 선글라스에 양산을 쓰고 멋진 패션으로 어딘가를 가는 모습을 보고 어리둥절했습니다. 분명 부인은 정수기 청소를 하며 장사를 한다고 들었기에 의구심은 더욱 커졌습니다. 다른 지인에게 이야기하니 당장 쫓아내라고 합니다. 하지만 그렇게 하고 싶진 않았습니다. 월세를 못 내는 처지라고 멋진 복장으로 외출하지 못한다는 법이 없을뿐더러, 겉만 보고 속사정을 어찌 알겠습니다. 어쩌면 최소한의 품위를 유지하고 사는 것이 더 희망적일 수 있습니다. 아마 한 창 먹고 커야 할 아이들에게 좋은 음식과 옷을 해주지 못하는 처지에 그 부부의 가슴은 찢어지고 있는지도 모릅니다.

내가 가난하고 고단한 시절을 겪지 못했다면 이분들의 사정을 모른 척하고 매몰차게 대했을까요? 모를 일입니다. 험난한 고생 끝에 작은 집을 마련한 집주인이 세입자에게 더 야박하게 대하는 경우를 숱하게 보았습니다. 자신이 세입자 시절 당한 것 이상으로 세입자에게 가혹하게 대하기도 합니다. '남 사정 봐줄 처지가 아니다. 나부터 살아야 한다.'는 생존의지가 만든 것일까요? '억울하면 돈 벌어라.'는 신념은 이렇게 재생산됩니다.

고대로부터 동양에선 서구와 달리 인간의 본질을 물질이나 동물과는 전혀 다른 차원으로 규정했습니다. 공자孔子는 인간의 네 가지 본성 중 하나를 측은지심惻隱之心이라 했습니다. 타인을 가련하게 여기며 남의 불행을 자신의 것

으로 공감하는 본성은 타고나는 것이며, 이를 인仁과 덕
德의 근본으로 보았습니다. 야박한 세태에도 '그래도 아직
세상은 살만하다'고 말할 수 있는 근거는 아직 우리들 안
에 남아있는 이 측은지심일지도 모릅니다. 성탄의 계절,
산타 할아버지는 못 돼도 스크루지 영감은 되지 말아야
지요.

　남에 대한 배려가 꼭 희생은 아닙니다. 선한 일을 하면
다른 이의 선한 일이 찾아오고, 수십만 원을 기부하니 생
각지도 않던 그 이상의 돈이 들어오기도 합니다. 난 그저
하늘의 섭리이겠거니 생각하곤 합니다. 오늘따라 소주 빈
병을 보고 기뻐했던 지난 시절 내 가난했던 마음이 부끄럽
지 않습니다. 올해가 가기 전 그 사장님과 소주나 한잔 할
일입니다.

우리
꽃길만 걷자

성탄절입니다.

이 글을 읽는 모든 이에게 평화와 사랑을 전합니다.

고뇌하고 땀 흘린 것만큼 돈도 많이 법시다. 그렇게 벗들에게 술도 사면서 웃으며 걸어갑시다.

건강검진에나 나타난 몸의 소리에도 귀 기울였으면 합니다. 운동이 부족하다는 진단을 받았으면 걸어 다니는 시간을 늘리고, 만성피로로 간이 상했다면 술이나 담배를 끊고 휴식을 취하는 등 생활방식을 바꿔야 합니다. 아름다운 꽃길도 몸이 아프면 걸을 수도 없겠지요.

마음을 열어 좋은 벗을 더 많이 사귀고, 가족에겐 더 다정하게 대해줍시다. 그렇게 우리 꽃길만 걸읍시다. 고된 세월, 격랑을 헤치고 여기까지 걸어온 우리 모두 꽃길을 걸을 자격이 있습니다. 이 '청춘'이 더 시들기 전 튀어 올라 꿈에 그렸던 꽃길을 걸읍시다.

부족한 졸고를 읽어주신 모든 독자님께 거듭 감사의 인사를 전합니다.